KB113820

변혁
1998

변혁 1998 4권

천지무천 장편 소설

초판 1쇄 찍은 날 § 2020년 4월 24일
초판 1쇄 펴낸 날 § 2020년 5월 1일

지은이 § 천지무천
펴낸이 § 서경석

총괄팀장 § 노종아
편집책임 § 김예슬
디자인 § 소소연

펴낸곳 § 도서출판 청어람
등록번호 § 제387-1999-000006호
등록일자 § 1999. 5. 31
어람번호 § 제1-3046호

주소 § 경기도 부천시 부일로 483번길 40 서경B/D 3F (우) 14640
전화 § 032-656-4452 팩스 § 032-656-4453
http://www.chungeoram.com
E-mail § chungeorambook@daum.net

ISBN 979-11-04-92185-5 04810
ISBN 979-11-04-92148-3 (세트)

4

천지무천 장편소설

FUSION FANTASTIC STORY

변혁 1998

변혁 2부

도서출판 청어람

변혁 1998

목차

Chapter 1

"또 다른 인격체인가?"

예인은 노인의 목소리에 살짝 놀라며 물었다.

"낄낄낄! 난 파웅이라고 하지. 생각했던 것보다 더 대단해. 날 이렇게나 빨리 불러낼지는 몰랐거든."

"파웅이라. 나이가 들어 보이는 목소리인데."

"낄낄! 두 사람보다는 오랫동안 살았지. 그래서 항상 조심하라고 일러주었는데도 내 말을 듣질 않아. 젊음은 그래서 위험한 거지."

파웅은 느긋하게 뒷짐을 지며 말했다.

이전의 쳉과 마야와는 사뭇 다른 모습이었다.

"위험에는 대가가 따르는 법."

"낄낄낄! 대가를 바란다고. 날 두 사람 정도로 착각하면 곤란한데."

예인을 바라보는 파웅의 눈빛이 달라졌다.

"후후! 난 노인이라고 봐주지 않아. 너흰 사람을 잘못 골랐어."

"그런 것 같군. 선택은 쳉이 했지만, 마무리는 내가 할 수밖에 없지. 그게 한집에 사는 사람의 도리니까."

예인의 말에 파웅의 웃음소리가 사라졌다.

예인에게서 풍겨오는 기운이 달라졌다는 것을 파웅이 느꼈기 때문이다.

"너흰 서로의 의사와 상관없이 몸을 바꿀 수 있나 보지?"

"낄낄낄! 우린 서로를 공유해. 일상적인 생활에서는 쳉이 가장 어울리지, 그래서 평상시는 쳉이 활동하도록 내버려 두는 거야. 이런 모습에 내 목소리와 행동은 어울리지 않으니까. 마야는 더더욱 어울리지 않지. 네가 묻고 싶은 것처럼 난 언제든지 쳉을 차지할 수 있어."

파웅은 예인의 말에 순순히 답해주었다.

"후후! 생각해 보니 그렇겠어."

"너는 네 속에 있는 괴물과 타협을 하지 않았구나."

"난 너와는 다르니까."

말을 마친 예인의 양손을 이용해 둥글게 원을 그렸다.

느린 듯한 동작이 끝나자 예인의 모습이 확연히 달라졌다.

"진정 보이는 것이 전부가 아니라는 말이 이럴 때 사용하는 것이구나."

파웅은 달라진 예인의 모습에 감탄하듯이 말했다.

물이 흐르듯이 자연스럽게 자세를 바꾼 이후 그 어디에도 바늘구멍만 한 빈틈도 보이지 않았다.

"빛과 어둠은 공존할 수 없듯이 본질과 그림자 또한 그러하리라."

"낄낄낄! 빛을 받쳐주는 것이 어둠이거늘. 그 누가 어둠을 부인할 수 있단 말이더냐. 빛은 필연적으로 어둠을 끌어들이는 법이야."

파웅 또한 굽어진 자세를 바로 세우며 한 발짝 앞으로 발을 뻗었다.

짧은 변화였지만 파웅의 동작에서 힘이 느껴졌다.

"오너라, 내가 그 어둠을 파하리라."

예인의 말이 떨어지자마자 파웅이 기다렸다는 듯이 몸을 튕기듯이 날렸다.

단 한 동작에 파웅은 예인에게 이끌리듯이 무서운 속도로 거리를 좁혔다.

앞으로 뻗은 파웅의 주먹에는 예사롭지 않은 기운마저 풍겨왔다.

그러한 파웅의 모습에 예인 또한 앞으로 손을 뻗었다.

파웅의 주먹이 예인의 손바닥과 출동하자 예상치 못한 소리가 들려왔다.

팡!

마치 공기가 가득 들어 있는 축구공이 터져 나가는 소리처럼 들렸다.

'허! 기운을 운영할 줄 아는구나.'

파웅은 놀란 눈동자를 뒤로한 채 속사포처럼 주먹을 뻗기 시작했다.

중국 영화에서나 볼 것 같이 수십 개로 늘어난 것 같은 주먹들이었다.

퍼퍼퍽퍽퍽!

눈이 어지러울 정도로 두 사람의 손이 엇갈렸다.

파웅의 이마에 땀이 흘러내릴 정도로 공격의 속도가 빨라졌지만, 예인의 표정에는 변화가 없었다.

"단순하지만 빠르고 강한 공격이구나."

입을 열지도 못하는 파웅과 달리 예인은 여유롭게 말을 했다.

그런데 예인의 목소리와 파웅을 보는 눈빛이 달랐다.

'뭐지? 뭔가 달라진 느낌인데.'

파웅은 예인에게 풍겨오는 느낌이 이전과 다르다는 것이 느껴졌다.

"인제 그만 되었느니라."

예인의 말이 끝나자마자 파웅의 공격을 멈췄다.

"으읍!"

그리고 들려온 것은 파웅의 신음성이었다.

예인의 손에 잡힌 파웅의 주먹이 두부처럼 으깨질 것처럼 위태로워해 보였다.

"너 때문에 내가 다시 빛을 볼 수 있게 되었구나. 이 자리에서 죽음을 맞이하고 싶지 않다면 나를 따르거라."

예인의 눈동자가 붉게 변하는 순간 파웅의 몸이 덜덜 떨리기 시작했다.

*　　　*　　　*

"하하하! 반갑습니다. 그동안 잘 계셨습니까?"

민주한국당 한종태 의원은 크게 웃으며 한국을 방문한 천지회의 세지마 류조를 반갑게 맞이했다.

"이렇게 맞이해 주시니 감사합니다. 한국에 돌아오셨다는 소식은 들었습니다. 더 빨리 찾아뵈었어야 했는데, 조금 늦었습니다."

천지회을 이끄는 세지마는 한종태에게 가볍게 머리를 숙이며 악수를 했다.

"하하하! 아닙니다. 일본에서 제일 바쁘신 분을 제가 찾아가서 뵈었어야 했지요. 자! 이리로 앉으십시오."

"하하하! 그래도 세지마 고문께서 제일 먼저 한 대표님을 만나러 오셨습니다."

함께 동석한 대산그룹의 이대수 회장이 크게 웃으며 말했다.

세 사람은 능숙한 일본어로 대화를 나누었다.

"이런! 영광이 있나요. 세지마 고문께서 이리 생각해 주시니, 정말 감사할 뿐입니다."

일본 정·재계에 막대한 영향력을 행사하는 세지마였다. 일본의 총리조차 세지마의 부름에 한걸음에 달려온다는 소리까지 있었다.

그런 세지마였기 때문에 한종태는 그를 한 나라의 정상이 방문한 것처럼 무척이나 반겼다.

"하하하! 아닙니다. 한국에 와서 한 대표님을 먼저 보지 않으면 누굴 만날 수 있겠습니까? 누구보다도 한일 간의 우호적인 관계에 힘을 쏟는 한종태 대표님을 만나야지요."

한종태는 정민당 시절 한일의원연맹의 한국 측 회장을 맡

았었다.

이 때문에 세지마는 물론 일본의 의원들과도 유대 관계를 쌓았다.

"하하하! 고마운 말씀입니다. 세지마 고문께서 한결같이 생각해 주시니 든든합니다."

"한 대표님께서 대통령에 오르셨다면 한국은 지금처럼 경제적 어려움에 부닥치지 않았을 것입니다. 제가 물심양면으로 도왔을 테니까요."

세지마는 의연 중에 한종태가 대통령이 되었다면 일본 자금이 한국에서 썰물처럼 빠져나가지 않았을 것이라고 말했다.

한종태는 일부러 외환 위기 때 친분이 있는 세지마나 일본 의원들에게 부탁하지 않았다.

그 이유는 김영삼 정부가 이끌던 정민당과 완전히 갈라서기 위해서였고, 대통령에 당선되면 일본의 자금을 끌어다가 외환 위기를 극복하려고 했기 때문이다.

"한번 실수는 병가의 상사라고 하지 않았습니까. 차기 대통령은 여기 계신 한 대표님이 되실 것입니다."

이대수 회장이 세지마의 말에 고개를 끄덕이며 말했다.

"꼭 그러셔야 합니다. 지금의 한국 정부는 왠지 일본과 협조하려는 자세가 많이 부족한 것 같습니다."

"무엇 때문에 그러십니까?"

세지마의 말에 한종태가 궁금한 듯이 물었다.

"북한에 대한 접근이 한미일 삼각동맹을 위태롭게 할 정도로 밀접해진 것 같습니다. 더구나 북한에 대한 정보 교류와 협조도 제대로 이루어지지 않고 있는 것이 문제입니다. 북한은 언제 돌변할지 모르는 나라가 아닙니까? 더구나 북한과 연관된 사업에서도 일본 기업들을 완전히 배제한 느낌마저 듭니다."

"흠, 틀린 말씀이 아닙니다. 폐쇄되었던 북한이 조금 달라진 것 같고, 이 정부는 정상 국가 대하듯 그들을 대합니다. 막대한 세금이 들어가는 북한 지원 사업도 어려움을 겪고 있는 국민의 공감대를 전혀 고려하지 않고 진행되었습니다."

한종태는 세지마의 말에 동조하듯이 말했다.

"내각조사실의 정보의 의하면 한국에서 북으로 보낸 물자 중 상당수가 군수물자로 전향되었다고 합니다. 더구나 신의주 특별행정구 내의 사업 시설들은 언제든지 군수공장 역할로 전환할 수 있다는 것에 우려를 금할 수 없습니다. 또 하나는 북한 독재 정권을 이롭게 하는 철도망과 원유 파이프라인의 설치를 한국의 특정 기업에서 진행한 것과 그에 따른 이익이 김평일과 그 측근들에게 흘러들어 간다는 것이 정말로 심각한 일입니다."

"그 말이 사실입니까?"

이대수 회장이 놀라 물었다.

“어떻게 한국의 특정 기업이 북한 내에서 그런 특혜와 혜택을 받을 수 있다고 생각하십니까? 그게 진정 가능하다고 보십니까?”

세지마는 다시 반문하듯 이대수 회장에게 되물었다.

“흠, 닉스홀딩스가 독자적으로 하기에는 큰 사업이긴 했습니다. 그래서 러시아의 룩오일NY을 끌어들인 것 같습니다.”

이대수 회장은 신의주특별행정구가 진행되기 전 참여를 부탁받았지만, 북한의 불확실성을 이유로 중국을 선택했다.

하지만 신의주특별행정구는 자신이 생각했던 것 이상으로 성공 가도를 달리고 있었다.

“그렇다고 해도 정부가 과도하게 특정 기업을 밀어준다는 모습이었습니다. 세지마 고문께서 말씀해 주시기 이전부터 닉스홀딩스의 과도한 사업 확장에는 정부의 특혜가 있다는 생각이 들었습니다.”

한종태는 대선 당시 자신의 제의를 거절했던 강태수 회장을 좋게 보지 않았다.

더구나 닉스홀딩스가 지난 대선 당시 김대중 대선 후보를 지원했다는 정황을 알게 되었다.

지난 일이었기 때문에 당내에서 공론화하지 못했지만 지금 세지마의 말 때문이라도 닉스홀딩스를 한 번쯤은 제지해야

한다는 생각을 하고 있었다.

"하긴 닉스홀딩스가 김대중 정부 들어서 더욱 커진 느낌입니다. 기업 간의 빅딜과 구조 조정을 핑계 삼아 닉스홀딩스에 특혜를 주는 모습이었습니까요."

"두 분께서도 그리 생각하셨다는 것은 문제가 있다는 것입니다. 외부에서 볼 때도 한국 정부가 과하게 특정 기업에 휘둘리는 느낌이 들었습니다. 더구나 어려운 한국 경제의 열쇠가 될 수 있는 한일 간의 해저터널을 한국 정부가 전혀 받아들이지도 않고 있습니다. 양국 간의 해저터널이 뚫리면 일본은 물론이고 한국 경제 성장에도 크게 도움이 되는 일인데도 말입니다."

세지마는 한국을 걱정하고 생각하는 것처럼 이야기했고, 일본에서처럼 일한 해저터널이라 부르지도 않았다.

그는 경의선 철도가 개통되기 전까지 한일 간의 해저터널 공사를 급하게 진행할 생각이 없었다.

지금 시점에서는 한일 간의 해저터널이 뚫리면 한국 경제에 더 유리했기 때문이다.

더구나 막대한 공사비 문제와 운영에 있어서도 양국 간 견해차가 적지 않았다.

세지마는 공사비를 일본 차관으로 한국에 제공하고 터널 운영을 일본이 맡길 원했다.

그것이 장기적으로 일본에 유리했다.

"흠, 말씀하신 대로 어려운 한국 경제의 돌파구가 필요한 상황입니다. 정부가 이러한 중차대한 일을 너무 안일하게 생각하는 것 같습니다."

고개를 끄떡이는 한종태는 세지마의 말에 깊이 공감하는 표정이었다.

"막대한 공사비가 들어가는 것만큼 고용 창출도 크게 발생할 것입니다. 저는 한일 간의 터널을 여긴 계신 이대수 회장님의 대산그룹과 미쓰비시종합상사가 주도적으로 진행했으면 하는 바람입니다."

"하하하! 그렇게만 된다면 저야 바랄 것이 없겠지요."

세지마의 말에 이대수 회장은 기분 좋은 웃음을 내보였다.

막대한 공사비가 들어가는 한일 간 해저터널을 대산그룹이 맡는다면 엄청난 이익이 발생할 수 있기 때문이다.

그 이익이 이대수를 통해 한종태에게 건네진다는 것도 세지마는 잘 알고 있었다.

"제가 한번 관계자들을 만나보겠습니다."

이대수 회장의 말을 알겠다는 듯이 한종태가 다시금 고개를 끄떡이며 말했다.

"하하하! 그리해 주신다면 일본 쪽은 제가 어떻게든 성사시키도록 하겠습니다. 한일 해저터널이 이루어진다면 미쓰비시종합상사는 한 대표님의 공로를 절대 잊지 않을 것입니다."

세지마는 한종태의 말에 크게 웃으며 말했다.

세지마는 남북한을 연결하는 한반도 종단 철도망(TKR)과 시베리아 횡단철도(TSR)를 이용하여 일본의 제품들을 유럽으로 보내길 원했다.

그래야만 남북한이 가져갈 이익을 일본도 나눠 가질 수 있기 때문이다.

*　　　　*　　　　*

예인과 대결했던 파웅은 천녀 앞에서 무릎을 꿇었다.

"어둠이 빛을 이기는 것을 보고 싶지 않으냐?"

천녀는 자신 앞에 꿇어앉은 파웅을 보며 물었다.

"어떻게 말입니까?"

파웅은 천녀의 말에 조심스럽게 물었다.

천녀와의 대결에서 보았던 놀라운 기세와 기운은 두려움 그 자체였다.

천녀에게 잡힌 손을 통해서 물밀듯이 밀려든 기운에 의해 지금껏 겪어보지 못한 지독한 고통을 맛보았다.

몸속의 세포 하나하나가 비명을 지르듯이 고통을 느끼는 것 같았다.

두 번 다시 그러한 고통을 겪고 싶지 않았다.

"국가와 제도를 무너뜨려 세상을 파국으로 이끌면 되느니라. 파국은 곧 정화이자 신세계로 이끄는 길이니라. 신세계에서는 빛과 어둠을 나눌 필요가 없느니라. 네가 하는 일이 곧 빛이기 때문이니라."

"제가 하는 일이 빛이라……."

천녀의 말에 파웅은 독백하듯이 여러 번 중얼거렸다.

"누가 너를 틀 속에 가두어두겠느냐? 아무도 네가 무슨 일을 하든지 정죄하지 않을 터인데."

'내 마음대로 무엇이든 할 수 있는 세계라…….'

천녀의 말은 마치 총알이 머리를 관통하는 느낌이 들었다.

"저는 피를 원합니다. 피에 대한 욕망이 끓어오르는 용암처럼 불타오르고 있습니다."

파웅의 목소리가 아닌 쳉의 목소리였다.

쳉은 살인을 저지를 때마다 마치 신이 된 것 같은 느낌이 들었다.

신이 부여한 생명을 자신이 마음대로 파괴할 수 있다는 것에서 오는 희열을 즐겼다.

"내가 널 거두려 하는 것도 그러한 욕망이 있기 때문이니라. 네가 지닌 살심을 이 세상에 마음껏 풀어헤치도록 하여라."

"파웅은 천녀님께 모든 걸 바치겠습니다."

"마야는 천녀님을 끝까지 따르겠습니다."

"첼의 목숨은 이제 천녀님의 것입니다."

첼의 입에서 각자의 이름이 나올 때 목소리가 달라졌다.

"앞으로 너는 화린과 함께 중국으로 들어가거라. 그곳에 파국을 위한 준비를 할 것이다."

"천녀님의 뜻을 받들겠습니다."

첼은 완전히 절을 하듯이 엎드려 천녀에게 인사를 건넸다.

이러한 모습을 지켜보는 화린의 눈동자가 몹시 흔들렸다.

Chapter 2

부랴부랴 신의주에서 서울로 돌아왔지만, 예인은 또다시 연기처럼 사라졌다.

예인이 투숙했던 것으로 여겨지던 신라호텔에는 송예인이라는 투숙객이 없었다.

신라호텔에서 입수한 CCTV에는 분명 예인으로 보이는 여인이 누군가와 함께 이동하는 것이 찍혀 있었다.

예인을 또다시 놓칠 수 없다는 생각에 김포공항과 김해공항까지 국내 정보팀 요원들을 파견했지만, 예인을 찾지 못했다.

"후! 정말 돌아올 수 없는 걸까?"

답답한 마음에 술잔을 들고서 어둠이 깔리는 창밖을 보며 혼잣말을 했다.

가인에게는 예인을 보았다는 이야기를 하지 않았다.

또다시 실망감을 주기 싫어서였다.

'무엇 때문에 돌아올 수 없는 걸까?' 하는 생각을 수없이 해 보았지만, 답을 찾을 수 없었다.

띠리릭! 띠리릭!

그때 핸드폰이 울렸다.

"여보세요?"

—바쁘지 않으면 술이나 한잔할까?

송 관장의 목소리가 들려왔다.

"예, 그렇지 않아도 술 생각이 났습니다."

—잘됐네. 집으로 건너와. 준비해 놓을 테니.

"예, 바로 가겠습니다."

—그래.

송 관장과 통화를 끝내자마자 2층에서 내려오자 김만철 경호실장과 부인이 집에 와 있었다.

바로 옆집이기 때문에 쉬는 날에는 자주 집으로 놀러왔다.

집에 놀러오면 김만철은 아버지와 주로 바둑을 두었다.

"어디 가십니까?"

김만철 경호실장이 날 보자마자 물었다.

"송 관장님이 보자고 해서요."

"특별한 일이 있으신 것입니까?"

"아니요, 간만에 얼굴이나 보자는 거지요."

"그럼, 저도 함께 가시지요. 아버님, 오늘은 여기까지 두어야 할 것 같습니다."

김만철 경호실장은 내 말뜻을 금세 알아챘다.

"그래, 가보시게. 사돈어른이 적적하신 것 같은데 잘 챙겨드려야지."

가인과 아직 결혼하지 않았지만, 아버지는 송 관장을 사돈이라 불렀다.

예인이 실종된 이후 송 관장을 잘 챙기라는 말을 늘 하셨다.

"다녀오겠습니다."

"그래, 회사 일이 바쁘더라도 자주 찾아봬야 하는 거야."

"그럴게요."

아버지께 인사를 하고는 김만철 경호실장과 집을 나섰다.

김만철이 동행했기 때문에 다른 경호원들은 대동하지 않았다.

송 관장은 이미 집 앞마당에 숯불을 피워 고기를 굽고 있었다.

"형님! 저도 왔습니다."

"잘 왔어. 그렇지 않아도 지금 전화하려고 했어."

김만철의 목소리에 송 관장이 반갑게 반겨주었다.

"그러실 줄 알고 왔습니다. 이리 주십시오, 고기는 제가 굽겠습니다."

송 관장이 들고 있던 집게를 재빨리 집어 든 김만철은 맛있게 보이는 고기를 불판에 올려놓았다.

"점점 더 얼굴 보기 힘들어져. 요새도 바쁘다며?"

송 관장은 가인을 통해서 내 이야기를 전해 들었다.

"예, 사업이 계속 확장되고 있어서 중요한 상황만 챙기는데도 시간 내기가 힘드네요."

닉스홀딩스와 룩오일NY 산하 기업들 모두 성장에 속도가 붙자 걷잡을 수 없이 퍼져 나가는 산불처럼 무서울 정도로 성장세를 구가하고 있었다.

"운동은 하고 있어?"

"시간이 날 때마다 하고는 있는데, 예전 같지는 않습니다."

최대한 시간을 내어 운동하고는 있었지만, 이전처럼은 하기 힘들었다.

"자신의 몸은 자기가 지키는 거야. 경호원들이 있다고 해도 위험은 피해 가지 않으니까."

"무슨 말씀인지 알겠습니다."

그때 가인이 쌈과 채소를 한가득 들고 나왔다.

"왔어? 쌈은 여기다 놓을게요."

"오늘 준비를 많이 한 것 같은데?"

"아빠 후배가 고기를 보내준 거야."

"아! 그분. 그럼, 이거 멧돼지 고기겠네요?"

강원도 산속에 사는 송 관장의 후배는 가끔 멧돼지를 잡으면 고기를 보내주었다.

"그래서 부른 거야. 나 혼자 먹을 수 없잖아."

"하하하! 오늘 몸보신 좀 하겠습니다."

멧돼지 고기를 올려놓고 있는 김만철이 크게 웃으며 말했다.

"그래, 오늘은 좋은 고기하고 실컷 한번 마셔보자고."

송 관장도 오랜만에 술자리가 마련되니 기분이 좋은 것 같았다.

다들 바쁘게 생활하다 보니 예전보다 함께할 시간이 부족했다.

"한 잔 받으십시오."

송 관장의 빈 술잔에 공손히 술을 따랐다.

"간만에 태수의 술잔을 받아보는구나."

송 관장은 공석에서는 날 회장님이라 불렀지만, 사석에서는 처음 만났던 그날처럼 내 이름을 불러주었다.

"바쁘다는 핑계로 제가 부족했습니다. 앞으로는 자주 자리를 마련하겠습니다."

"회사가 성장해 바쁜 것도 좋은 거지만 어떨 때는 잠시 멈춰 주변을 둘러보는 것도 나쁘지 않아. 너무 앞만 보면서 달리다 보면 주변에 소중한 것들을 놓치게 되더라."

송 관장은 자신의 경험담을 이야기하듯 말했다.

실제로 송 관장을 처음 만났을 때 그러한 것들을 겪은 후였다.

"명심하겠습니다. 저도 어떨 때는 너무 빠르게 성장하고 커지는 회사의 모습이 부담스러울 때도 있습니다. 지금은 제가 통제할 수 있다고 여기지만, 어느 순간 제 손에서 벗어나는 것이 아닌가 하는 생각마저 드니까요."

한국과 러시아에서만 사업을 진행하는 것이 아니었다.

북미는 물론 아프리카와 동남아, 그리고 유럽까지 사업 영역이 확대되었고, 지금 이 순간에도 세계 곳곳에서 사업이 펼쳐지고 있었다.

"오빠가 그렇게 생각할 만해. 나도 닉스홀딩스에 들어가기 전까지는 닉스홀딩스가 얼마나 대단한 회사인지 몰랐으니까.

더구나 닉스홀딩스보다 훨씬 더 큰 룩오일NY까지 운영하니까 말이야.”

가인이 잘 익은 고기를 내 앞에 놓아주며 말했다.

“우리 회장님이 없었으면 이 나라의 국부가 외국인에게 다 넘어갔을 것입니다. 더구나 남북한이 한마음 한뜻이 되어서 움직이지도 못했을 것이고요. 국민들이 그걸 다 알지 못하는 것이 안타깝습니다.”

항상 내 옆에서 함께 움직이는 김만철 경호실장은 보고 들은 것이 누구보다 많았다.

“모든 것을 다 안다고 좋은 것은 아닙니다. 문제는 우리가 나아가는 방향이 올바르다는 것을 알면서도 자신들의 이익에 부합하지 않는다는 이유로 민족이 나아갈 길을 방해하는 곳이 있다는 것이지요.”

“정말이지 그러한 사람들은 이 나라의 국민일까 하는 생각이 들어.”

송 관장은 나의 말에 고개를 좌우로 저으며 말했다.

“이 나라의 정치인과 기업인들 상당수가 아직도 정신을 차리지 못하고 있습니다. 이들은 자신들에게 이익이 된다면 나라도 팔아먹을 수 있겠구나 하는 생각마저 들게 하는 행동을 보이니까요. 아직도 친일파가 이 나라에 득세한다는 것은 부끄러운 일입니다.”

국내 정보팀과 한국에 들어온 코사크 정보센터 요원들을 통해서 천지회의 세지마 류조가 민한당의 한종태와 대산그룹의 이대수 회장을 만났다는 것을 파악하고 있었다.

더구나 세지마 류조가 나를 조사하고 있다는 것도 말이다.

천지회를 이끄는 세지마 류조가 어떤 인물인지 이미 파악하고 있었다.

"흠, 반민특위를 통해서 친일 청산이 제대로만 되었다면 이 나라에서 그러한 생각과 행동을 보일 수 없었을 텐데 말이야."

송 관장은 아쉬운 표정을 지으며 말했다.

반민특위(반민족특별위원회)는 일제강점 기간에 자행된 친일파의 반민족 행위를 처벌하기 위하여 제헌국회에 설치되었던 특별 기구를 말한다.

하지만 1945년 8.15 광복 이후 무엇보다 신속하게 친일파를 척결해야 했지만, 초기의 기회를 놓치고 말았다.

이후 미군정이 남한에 반공 국가를 수립하기 위해 공산 세력에 대항할 세력으로 친일파를 선택했고, 그들의 이익을 위해 친일파 청산을 방해했다.

이와 함께 미군정은 일제강점기 시절 통치 기구를 부활시켰고 친일파를 대거 기용했다.

그 결과 이승만 정권 창출에 핵심적인 역할을 한 이들의 방해로 반민특위 활동은 국민적 지지에도 불구하고 친일파 청산에 실패했다.

이 실패로 인해 친일 세력이 한국 사회의 지배 세력으로 뿌리내리며 군림하는 길을 열어주게 되었다.

"일본은 아직도 이 나라에 대한 지배 야욕을 버리지 않고 있습니다. 더구나 이 나라의 지배층이라는 사람들은 자신의 이익을 위해서 서슴없이 일본의 강경 우익 세력과도 손을 잡고 있으니까요."

"지금이라도 친일파는 깡그리 조져야 하는데 말입니다. 그놈의 법만 아니라면 제가 일주일 안에 친일파를 청산해 버릴 수 있습니다."

김만철은 흥분한 표정으로 말했다.

"저도 마음 같아서는 지금 당장 이 나라에서 친일파를 다 쫓아내고 싶습니다. 그들이 그렇게 좋아하고 협조하는 일본으로 말이죠."

일제강점기처럼 직접적인 지배를 할 수 없는 일본은 한국 경제의 지배를 통해 우회적으로 종속시키려고 했다.

이러한 일본의 야욕에 적극적으로 협조하는 정치인과 기업인들 모두 강제로 일본으로 보내 버리고 싶었다.

"이 나라가 지금보다 더 좋은 나라가 되려면 지금이라도 친일 청산이 이루어져야 하네."

"맞는 말씀입니다. 우리나라가 도약할 때마다 일본은 우리의 발목을 잡는 일을 거리낌 없이 하고 있습니다. 엔화 강세에 따른 일본 내 경제 위기가 발생하지 않았다면 일본은 한국에서 많은 것을 빼앗아 갔을 것입니다."

소빈뱅크를 통해서 일본에 엔화 강세 유도를 두 번이나 조장했다.

1차, 2차에 걸친 엔화 강세 유도에 따른 경제적 손실과 함께 소빈뱅크는 녹아웃 옵션을 통해서 일본 기업과 금융기관들에 상당한 피해를 줬다.

이로 인해 일본 경제가 심하게 흔들렸고 지금도 엔화 강세 여파로 어려움을 겪고 있었다.

그 때문에 IMF 관리 체제 아래에 있는 한국 기업들을 사냥할 수 없었다.

"그걸 태수 오빠가 해냈다는 것이 정말 대단한 거예요. 이런 사실을 정부 관계자나 국민들은 모르니까요."

가인은 소빈뱅크가 일본과 환율 전쟁을 벌였다는 것을 잘 알고 있었다.

"하하하! 우리 태수가 이 나라에 태어났다는 것이 정말 축복인 거야. 자! 한잔하자."

가인의 말을 들은 송 관장이 잔을 내밀며 말했다.

송 관장 또한 일본이 엔화 강세로 어려움을 겪고 있다는 소리를 TV 뉴스와 신문을 통해 잘 알고 있었다.

"그럼요. 회장님이 없었다면 남북한 모두가 지금처럼 지내지도 못했을 것입니다."

"하하하! 그 정도는 아닙니다."

두 사람의 칭찬에 조금은 낯부끄러웠다.

"앞으로 그런 놈들을 어떻게 처리할 건가?"

송 관장이 술잔을 내려놓으며 말했다.

"그들이 가진 것을 철저하게 빼앗아 올 것입니다. 일본과 그들에게 협조하는 모두에게서요."

송 관장의 말에 나는 자신 있게 말해주었다.

지금도 그러한 계획과 작업들이 전방위적으로 진행 중이었다.

남북한이 하나가 되어 세계에 우뚝 서기 위해서는 이 땅에 기생하는 친일 세력을 반드시 뿌리 뽑아야만 했다.

Chapter 3

뜻밖에도 한국을 방문 중인 천지회의 세지마 류조에게서 만나고 싶다는 연락이 왔다.

세지마 류조는 민주한국당의 한종태와 대산그룹의 이대수 회장 외에도 정계와 재계에서 친일 성향의 유력 인사들과 만남을 가졌다.

그는 만나는 인사마다 한일 해저터널이 한국과 일본 경제에 막대한 이익을 가져다줄 것이라는 주장을 펼쳤다.

"하하하! 정말 반갑습니다. 세지마 류조라고 합니다."

세지마는 날 보자마자 악수를 청하며 반갑게 웃었다.

"처음 뵙겠습니다. 강태수라고 합니다."

일본 막후의 실력자 세지마가 내민 손을 잡으며 악수했다.

그는 나이에 비해 손아귀 힘이 세게 느껴졌다.

평범하게 보이지 않은 외모와 강한 눈빛이 인상적으로 다가왔다.

"하하하! 이렇게 닉스홀딩스의 강태수 회장을 직접 만나 뵐 수 있게 되다니. 정말 영광입니다."

세지마는 악수하는 내 손 위에 자신의 왼손을 올리며 다시 한번 나와의 만남에 관해 이야기했다.

그 말이 진심인지는 모르겠지만 날 만난 것에 대해서는 기뻐하는 것 같았다.

"하하하! 저도 한 번쯤은 뵙고 싶었습니다. 자! 앉으시지요."

"반갑게 맞아주셔서 감사합니다. 닉스홀딩스가 호텔 사업까지 하고 계시는군요?"

"예, 도쿄에서도 닉스하얏트호텔을 운영 중입니다."

서울과 도쿄에 있는 하얏트호텔을 인수했고 닉스하얏트로 운영 중이었다.

"아! 그렇군요. 닉스홀딩스가 관여하지 않은 사업이 없는 것 같습니다. 하하하! 정말 대단하십니다."

"필요한 사업은 진행하고 있습니다. 일본의 종합상사들은 저희보다 많은 사업을 하고 있지 않습니까?"

일본의 종합상사들은 원료 수급의 자원 분야부터 가공, 제조, 유통, 판매 등 도소매업까지 수직 계열화로 시장 지배력을 높이고 있었다.

"하하하! 사업 영역이 많다고 해서 좋은 것이 아니지요. 닉스홀딩스처럼 선택과 집중을 해야지만 진정한 일인자의 자리에 올라서는 것이 아니겠습니까?"

이토츄 종합상사를 이끌던 세지마였기 때문에 닉스홀딩스가 추구하는 사업 방식을 한눈에 꿰뚫고 있었다.

"말씀대로 저희는 시장에서 1등 할 수 있는 분야에 집중 투자하고 있습니다. 그래야만 세계시장에서 일본 기업들과 경쟁할 수 있으니까요."

"하하하! 강 회장님께서는 한국 기업들은 안중에도 없으신 것 같습니다. 하긴 제가 보더라도 한국에서 닉스홀딩스와 경쟁할 그룹은 없는 것 같습니다. 일본 기업들도 분발하지 않는다면 닉스홀딩스에 의해 밀려날 것 같습니다."

세지마는 여유롭게 웃는 표정이었지만 그의 눈빛은 그렇지 못했다.

실제로 닉스홀딩스 산하 기업들은 일본 기업들보다 연구 기술 개발과 시설 투자에서 앞서고 있었기 때문이다.

"하하! 엄살이 심하십니다. 아직 한국과 일본의 기술 격차가 30년 이상입니다. 저희가 아무리 노력해도 안 되는 것이 있습니다."

일부러 엄살을 부리는 말을 했다.

세지마가 닉스홀딩스가 진행하는 사업들에 굳이 관심을 두게 할 필요가 없었다.

현재 일본이 우리보다 앞선 기술력을 가진 것은 사실이었다.

"너무 엄살을 부리시는 것이 아니십니까? 응용 기술 분야에서는 블루오션과 블루오션반도체가 한국은 물론, 세계시장에서도 선두를 달리고 계시지 않습니까."

세지마는 닉스홀딩스에 대해 자세히 조사한 것 같았다. 닉스호텔 또한 이미 알고 있으면서도 모른 척 이야기를 한 것으로 보였다.

"메모리 제조 분야에서만 앞설 뿐이지요. 실질적으로 메모리 분야도 일본 기업들의 협력과 도움이 아니면 가능할 수 없는 일입니다."

"하하하! 강 회장님께서는 참으로 겸손하신 것 같습니다. 이른 나이에 크게 성공한 사람들을 보면 허세와 자만심을 보이는데 말입니다."

세지마는 내 말에 만족한 듯 크게 웃으며 말했다.

"전 저의 한계를 잘 알고 있습니다. 제 능력을 떠나 닉스홀딩스가 여기까지 온 것도 기적에 가까운 일입니다. 아마도 지금이 닉스홀딩스의 가장 큰 전성기가 아닐까 생각됩니다."

"이대수 회장님께 강태수 회장님에 대해서 조금은 들었지만, 나이를 떠나서 이렇게 성숙하신 분인지 오늘에야 알게 되었습니다. 자신의 그릇과 분수를 아는 것은 정말 중요한 일이지요. 저도 제 그릇의 크기에 맞게 행동해 오고 있습니다. 그릇에 걸맞지 않은 행동을 하다 보면 넘치고 깨지게 되지요."

"맞는 말씀입니다. 분수를 알아야 자신의 자리를 지킬 수 있으니까요."

"하하하! 강 회장님과 말이 통하는 것 같습니다. 오늘의 만남이 정말 유익할 것 같습니다."

"하하하! 저 또한 세지마 고문님과 이야기가 이리도 잘 통할 줄 몰랐습니다."

그가 어떤 목적으로 날 만나러 왔는지는 모르겠지만, 세지마의 기분을 맞춰주는 말을 계속해서 해주었다.

"제가 강 회장님께 한 가지 제의를 드려도 괜찮겠습니까?"

그 때문인지 세지마가 의중이 드러나는 말을 내게 던졌다.

"물론입니다. 세지마 고문님의 제의라면 기꺼이 받아들일 용의가 있습니다."

"하하하! 정말 고마운 말씀입니다. 단도직입적으로 일본 기업들이 한반도 종단 철도망을 이용할 수 있게 해주십시오. 그러면 저희가 닉스홀딩스에 그에 따른 대가를 지급해 드리겠습니다."

'흠, 이걸 노리고 온 것이군.'

"하하! 한반도 종단 철도망은 닉스홀딩스가 단독 운영 하는 것이 아닙니다. 저희와 룩오일NY, 그리고 북한 당국이 공동 운영하고 있습니다. 죄송한 말이지만 저희가 결정할 수 있는 일이 아닙니다."

"잘 알고 있습니다. 룩오일NY는 제가 별도로 접촉할 것입니다. 강 회장님께서 협조해 주시면 북한 당국도 충분히 허락할 것으로 생각합니다."

'맥을 제대로 짚었군.'

"흠, 지금 당장 말씀을 드리는 것은 곤란할 것 같습니다. 내부적으로도 협의해야 하고, 정부에도 협조를 구해야만 합니다."

"한국 정부는 걱정하지 마십시오. 강 회장님께서 협조만 해 주시면 문제없도록 제가 조치를 취하도록 하겠습니다."

세지마는 자신 있게 말했다.

사실 정부의 지분을 닉스철도차량이 인수했기 때문에 형식적인 절차만 있을 뿐이었다.

"그러면 저도 단도직입적으로 여쭤보겠습니다. 제가 제의를 받아들인다면 닉스홀딩스에 대가로 무얼 해주실 수 있으십니까?"

"1천억 엔을 현금으로 드리겠습니다. 그리고 닉스홀딩스에 5천억 엔을 장기 저금리로 대출해 드리겠습니다. 이게 부족하다면 추가로 강 회장님이 원하시는 일을 처리해 드리겠습니다."

1조 원이 넘는 금액 지급과 5조 5천억에 달하는 자금을 융통해 준다는 말이었다.

6조 5천억 원이면 현재 한국의 웬만한 대기업을 통째로 인수할 수 있는 자금이다.

세지마가 이러한 자금을 제안한 것은 한반도 종단 철도망를 어떻게 생각하고 있는지를 단적으로 보여주는 일이었다.

"흠, 알겠습니다. 세지마 고문님의 제안을 구체적으로 검토한 후, 이른 시일 내에 알려 드리겠습니다. 닉스호텔의 한식이 무척 맛이 있습니다. 식사도 할 겸 자리를 옮기시지요?"

"하하하! 마침 배도 출출했는데 맛있는 요리를 먹으면서 강 회장님과 미래를 이야기하면 되겠습니다."

세지마는 적극적인 나의 태도에 만족하는 모습이었다.

나를 설득할 수 있다면 중국처럼 개방화를 진행하고 있는 북한에도 일본 기업들의 진출이 쉬워질 수 있었다.

*　　　*　　　*

"하하하! 예상했던 것보다 강태수 회장의 생각이 깨어 있더군."

닉스홀딩스의 강태수 회장을 만나고 돌아온 세지마는 함께 한국을 방문한 도쿄미쓰비시은행의 회장인 다카가키 다스쿠에게 말했다.

다카가키는 세지마가 구상하는 한일 해저터널과 한반도 종단 철도망에 대한 투자를 위해서 함께 방한했다.

도쿄미쓰비시은행은 미쓰비시은행과 외국환 전문 도쿄은행이 1997년 합병하여 설립되었다.

"젊은 친구라서 그런 것이 아니겠습니까? 그래서인지 한국인답지 않게 세상의 변화와 시류의 흐름에 대해 빨리 대처하는 모습이었습니다."

"그래서 단시일에 닉스홀딩스를 키워냈겠지. 일본에 협조하는 길이 닉스홀딩스에서도 큰 이익이라는 것을 빠르게 이해하는 모습도 마음에 들더군."

"이대수 회장에게서 영민한 친구라고 들었지만, 현실 감각도 무척 뛰어난 것 같습니다."

"강태수가 운영하는 닉스홀딩스는 한국 기업 중에서 외환 위기를 전혀 겪지 않은 기업이잖아. 마치 한국에 외환 위기가 올 거라는 것을 미리 알고서 대처하는 모습이었으니까."

세지마는 닉스홀딩스의 핵심 계열사들을 조사했다.

놀랍게도 회사별 매출과 이익이 외환 위기가 발생했는데도 오히려 늘어나고 있었다.

"닉스홀딩스의 자금 흐름은 외환 위기와 상관없는 것처럼 무척이나 원활한 모습이었습니다. 한국 내 다른 기업들과는 격이 달랐습니다."

다카가키는 닉스홀딩스의 주거래은행인 소빈서울뱅크의 자료를 살펴보았다.

한국 내 30대 그룹들의 자기자본 대비 부채비율이 평균 397%에 달했지만 닉스홀딩스는 놀랍게도 10%를 넘지 않았다.

더구나 현금성 자산도 풍부해 언제든지 부채를 전부 갚을 수 있었다.

"맞는 말이야. 오히려 외환 위기가 닉스홀딩스에 날개를 달아주는 꼴이 되었어. 이젠 한국에서 닉스홀딩스를 넘어설 그룹은 없어."

세지마는 고개를 끄떡이며 말했다.

대산그룹이 로스차일드사에서 자금을 수혈해 회사를 키우고 있었지만, 예전과 같지 않았다.

"강태수 회장이 우리의 제의를 받아들인다면 닉스홀딩스의 성장도 한계에 부닥칠 것입니다."

“그래야지. 한국이 대일본제국을 넘어서는 행위는 절대로 용납해서는 안 돼. 한반도 종단 철도와 시베리아 횡단철도까지 어떻게든 우리가 가져와야지만 남북한을 우리 손아귀에 쥐고 흔들 수 있는 거야.”

“지당하신 말씀입니다. 닉스홀딩스에 제의한 6천억 엔의 자금은 미래를 생각하면 껌값이나 마찬가지입니다.”

“그래, 미래를 생각할 때야. 강태수가 돈을 원하지 않으면 다른 것을 주어서라도 한반도 종단 철도와 시베리아 횡단철도를 반드시 이용할 수 있게 만들어야만 해.”

“한종태가 움직이면 강태수도 어쩔 수 없이 우리와 손을 잡을 것입니다.”

“후후! 한반도를 지배했던 과거나 지금이나 우리를 위해 일하는 놈들이 있다는 것이 무척 고무적인 일이야. 김영삼이 조선총독부 건물을 날려 버리지만 않았어도 우리를 동경하는 놈들이 더 늘어났을 텐데. 한국에 오면 그게 늘 아쉬워.”

말을 하는 세지마는 아쉬운 표정을 지었다.

“저도 그 일을 막지 못한 것이 안타깝습니다. 너무나 급작스럽게 벌인 일이라서 한국 내 친일파를 동원하기가 조금은 요원했습니다.”

“실수는 한 번으로 충분해. 우리가 지속적으로 만들어내는 친일파들이 한국의 주류에 편입될 수 있게 돌보아주면 돼. 그들이 제2의 한종태와 이대수가 되어 늘 우리의 편이 될 테니까."

도쿄미쓰비시은행은 일본에서 공부하는 한국 유학생 중 성적이 우수한 학생을 선발해 장학금을 지급했고, 졸업할 때까지 특별 관리 했다.

도쿄미쓰비시은행에 선발된 장학생은 졸업 후 도쿄미쓰비시은행에 채용이 보장될 뿐만 아니라, 미쓰비시종합상사 내 계열사에도 입사가 허락되었다.

장학생에 선발되면 2차 세계대전 원폭이 투하되었던 히로시마와 나가사키를 방문하는 4박 5일간의 관광 여행을 의무적으로 가야만 했다.

이곳에서 장학생들은 전쟁 박물관과 역사관을 둘러보며 원자폭탄에 의해 희생되고, 피해를 본 일본 국민의 처참한 모습을 접하게 했다.

그러면서 자연스럽게 일본도 피해자라는 연민의 감정을 갖게 만들었다.

이와 함께 2차 세계대전은 일본이 열강에 대항하기 위해 어쩔 수 없이 일어난 전쟁이며, 일제강점기 또한 그 대응 과정에서 발생한 불행한 사건일 뿐이라는 역사의식을 가지도록 교묘하게 유도했다.

이러한 과정을 통해 장학생 중 상당수가 지나간 과거에 얽

매이지 않고 일본과 협력하는 것이 한국의 미래에도 좋다는 왜곡된 의식을 가지게 되었다.

*　　　*　　　*

닉스홀딩스와 주선일보와의 손해배상에 대한 소송이 한국에서 먼저 시작되었다.

소송이 진행되기 전까지 주선일보는 닉스홀딩스에 대해 우호적인 기사를 내보냈었지만, 소송이 본격적으로 시작되자 기사의 논조가 달라졌다.

주선일보는 특집 기사와 논설을 통해 거대 기업이 언론사를 소유하는 행위는 한국 미디어를 장악하기 위한 것이라며 닉스홀딩스를 겨냥하는 기사를 다시금 내보냈다.

이러한 행동은 여론을 형성해 소송을 보다 유리한 쪽으로 이끌려는 의도였다.

주선일보에 맞서 SCS 방송과 미래경제신문은 주선일보 기자와 사주 일가가 저지른 비리와 횡령에 대한 의문점을 내보냈다.

여기에 주선일보가 판매율을 높이기 위해 무분별한 무가지와 경품 살포를 통해 신문 시장을 교란한다는 내용의 방송도 집중 보도했다.

이러한 SCS 방송과 미래경제신문의 보도를 다른 신문사와 방송들도 인용하여 보도하기 시작했다.

닉스홀딩스 계열사들의 광고가 실리는 신문사들은 더욱 적극적으로 주선일보에 대한 공격적인 기사들이 실렸다.

쾅!

"이것들이 힘들 때 도와야지, 뒤통수를 쳐!"

주선일보 박정호 대표가 탁자를 내려치며 말했다.

미운 놈에게 떡 하나 더 준다는 식으로 경쟁 신문사들도 주선일보에게 호의적이지 않은 기사를 연달아 내보내고 있었다.

"이때를 기다린 것입니다. 아주 든든한 우군이 생겼으니까요."

서주원 조선일보 주필이 의자에 깊숙이 기대며 말했다.

"이대로 당해야만 합니까? 여론도 우리에게 호의적이지 않습니다. 이대로 가다가는 소송도 힘들어집니다."

여론을 돌리기 위해서 닉스홀딩스를 다시 공격했지만, 그 여파가 만만치 않았다.

여론은 한국 경제를 책임지고 있는 닉스홀딩스 계열사들의 행보에 무척 호의적이었다.

"쥐도 궁지에 몰리면 고양이를 무는 법입니다. 지금은 우리가 인내해야 할 시기입니다."

"지금이 궁지가 아닙니까? 언제까지 참아야 말입니까?"

서주원 주필의 말에 박정호가 답답하다는 듯이 되물었다.

"닉스홀딩스는 지금 여러모로 기세등등(氣勢騰騰)합니다. 활활 타오르는 산불을 양동이로만은 끌 수 없습니다."

"정말, 너무 태평하십니다. 저는 지금 속이 타서 미치겠습니다."

박정호 대표는 매고 있던 넥타이를 풀어 헤치며 말했다.

"아직 미국 소송은 진행되지도 않았습니다. 더 큰 소송이 기다리고 있는데, 가지고 있는 패를 지금 쓸 수는 없지요."

"후! 국내 소송에 들어가는 변호사 비용도 만만치가 않습니다. 시장 분위기 때문인지 가뜩이나 광고도 떨어지는 상황입니다."

"앞으로 더 큰 고비가 남았는데, 버틸 수 있는 실탄을 마련해야지요."

"어디서 말입니까? 은행들도 각자도생하는 판국인데요."

"세지마 류조 고문과 도쿄미쓰비시은행의 다카가키 다스쿠 회장이 한국에 들어왔습니다. 오늘 밤 약속을 잡아놨으니까 준비하시면 됩니다."

"예, 세지마 고문이 국내에 있다고요?"

서주원 주필의 말에 박정호가 놀라 물었다.

박정호와 서주원 모두 세지마 류조와 깊은 관계를 맺고 있었다.

"어제 연락을 받았습니다. 박 대표께서 소송으로 바쁜 것 같아서 말할 기회를 놓쳤습니다."

박정호는 닉스홀딩스와의 소송에 온 신경을 집중하고 있었다. 법무법인과의 미팅도 직접 챙겼다.

"그래도 그런 중요한 말은 해주셨어야지요."

근심 어린 표정이 일순간 펴지며 서주원 주필이 앉아 있는 소파 옆으로 다가왔다.

"먼저 약속을 잡고서 말하려고 했습니다. 세지마 고문의 일정을 먼저 알아야 했으니까요."

"다카가키 회장까지 대동했다면 뭔가 목적이 있어서 방문한 것 같은데요?"

"아마도 그럴 가능성이 농후합니다. 오늘 밤 만나보면 알겠지요."

"하하하! 정말 죽으란 법은 없나 봅니다. 세지마 고문이 이럴 때 한국을 방문할 줄은 몰랐습니다."

"주선일보는 절대 죽지 않습니다. 시련을 겪을수록 더욱 단단해질 뿐입니다."

세지마는 자신이 원하지 않으면 사람을 함부로 만나지 않았다.

일본을 찾아가서 세지마를 만나는 것보다 그가 한국에 왔을 때 만나기가 훨씬 쉬웠다.

더구나 세지마를 찾아가면 그가 원하는 것을 내주어야만 도움을 받을 수 있었다.

Chapter 4

“세지마가 한국을 방문 중에 접촉한 정·재계 인사의 명단입니다. 제일 먼저 한종태 의원과 이대수 회장을 만난 후에… 오늘은 주선일보의 박정호 대표와 서주원 주필을 만날 예정입니다.”

김충범 국내 정보센터장이 명단이 담긴 서류철을 내게 건네며 말했다.

“정치인들은 우리가 예상한 인물들을 만났는데, 기업인들은 좀 다르네요.”

“예, 세지마는 현재 어려움을 겪고 있는 국내 건설 업체 들을 주로 만났습니다."

"건설 회사를 인수하려는 것일까요?"

김동진 비서실장의 말이었다.

"흠, 아마도 그럴 가능성이 농후해 보입니다. 제게도 이야기했던 한일 해저터널을 밀어붙일 공산인 것 같습니다. 한국 내 건설 회사를 인수하여 정치권에 로비하면 한일 해저터널에 대한 반대 여론도 무마하기 좋으니까요. 어려운 경제 환경에서 대규모 토목공사는 경기를 부양하기에도 알맞지 않습니까?"

"맞는 말씀입니다, 경기 활성화에는 건설만 한 것이 없지요."

김동진 비서실장은 내 말에 고개를 끄떡이며 말했다.

"흠, 한종태를 앞세워 정치권을 움직이고, 건설사와 언론사를 통해서 한일 해저터널에 대한 여론을 공론화시키면 정부도 부담을 느낄 수 있겠습니다."

"한종태가 분명 나설 것 같습니다. 그가 죽어가던 대산그룹의 숨통을 틔워주는 역할을 했지 않습니까. 경제 회복을 위해서는 한일 해저터널이 필요하다고 역설하면 넘어가는 대중들이 많을 것입니다."

김동진 비서실장의 말은 일리가 있었다.

한종태는 국회의원 당선 이후 차기 대선 주자로 다시 주목받고 있었다.

제15대 대통령 선거 조작으로 대선 후보에서 사퇴했던 한종태는 정치인으로서 대중에게 잊힐 뻔했었다.

하지만 로스차일드사의 투자를 유치한 일로 인해서 다시금 대중들의 관심과 인기를 한 몸에 받는 정치인으로 올라섰다.

어려운 한국 경제에 대규모 투자 유치는 단비와도 같은 일로서, 언론사들은 영국에 머물던 한종태를 국내로 돌아올 수 있도록 여론을 형성해 주었다.

현재 야권의 유력한 대선 후보 중 하나로 부상한 한종태가 경제 회복을 주장하며 한일 해저터널을 들고 나온다면 지금의 분위기상 대중들에게 먹힐 가능성이 컸다.

"한일 해저터널이 성사되면 추락해 가는 일본 경제에 다시금 날개를 달아주는 역할을 할 것입니다. 세지마는 한반도 종단 철도와 연계되는 시베리아 횡단철도에 대한 경제적 가치를 정확히 파악하고 있었습니다. 그래서 한국을 방문하여 친일 인사들을 움직이게 한 것입니다."

세지마가 닉스홀딩스에 제시한 금액은 분명 큰 금액이 이었지만, 향후 유럽과 아시아로 향하는 물류 이동을 본다면 적은 금액일 뿐이다.

더구나 일본과 해외에서 경쟁하는 한국 제품의 가격 경쟁력을 더욱 끌어올 수 있는 것이 한반도 종단 철도와 시베리아 횡단철도였다.

"남북한 경제에 절대적으로 도움이 되는 한반도 종단 철도의 이익을 일본에 넘겨주려는 행위를 한다는 것이 저는 아직도 이해하기 힘듭니다."

김동진 비서실장은 고개를 좌우로 가로저으며 말했다.

남북한 모두에게 지속적으로 큰 이익이 되는 일이었지만, 친일파들은 자신들의 아주 작은 이익을 위해 일본에 넘겨주려 했다.

"그들은 나라와 민족이 우선이 아닙니다. 자신들의 영달을 위해서는 뭐든지 할 수 있는 인간들입니다. 광복 이후 역사가 바로 섰다면 이들은 이 땅에서 발을 붙일 수도 없었을 것입니다. 안타깝게도 우린 천우신조(天佑神助)의 기회를 놓쳤고, 친일파들이 이 땅에 뿌리내릴 수 있도록 해주었습니다. 그러한 결과가 지금 나타나고 있는 것입니다."

닉스홀딩스가 비밀리에 후원하는 광복회 출신의 신현석 의원과 나누었던 이야기였다.

민족을 배신한 친일파들을 처리하지 못한 후유증이 반드시 크게 나타날 것이라고.

이 땅에 큰 위협이 되었던 흑천도 친일파가 자신의 이익과 안위를 위해서 군부 세력과 함께 키워냈던 괴물이었다.

"정말이지 회장님을 만나지 못했다면 이러한 일들을 알지 못한 채 살아갔을 것입니다. 세지마와 그에게 동조하는 인간들 모두를 평생 후회하면서 살아가게 해주고 싶습니다."

"당연히 그럴 것입니다. 아주 철저하게 망가뜨려 놓아야만 다시는 이러한 일들이 반복되지 않습니다. 그러기 위해서는 세지마가 우리를 믿도록 해야 합니다."

첫 만남에서 세지마가 원하는 것을 줄 것처럼 그의 환심을 샀다.

"세지마에게 경의선을 이용할 수 있게 해주실 것입니까?"

김동진 비서실장이 내 의중을 물었다.

"아마도 그렇게 될 것 같습니다. 그전에 우리가 원하는 것을 얻어내야겠지만요."

한반도 종단 철도를 이용하게 해주는 조건으로 돈과 함께 세지마에게 얻어낼 수 있는 최대한을 요구할 생각이다.

* * *

성북동에 자리 잡은 고급 요정인 청원각에 주선일보의 대표인 박정호와 주필인 서주원이 누군가를 기다리는 듯 화려한 방 안에 앉아 있었다.

"약속 시간이 철저한 양반이, 15분이 지났는데도 오지 않네요."

박정호는 초조한 듯 손목에 찬 고급 시계를 쳐다보며 말했다.

"흠, 우리가 어려움을 겪고 있다는 것을 아는 것 같습니다."

"그게 무슨 말씀이십니까?"

"일종의 심리전이지요. 원하는 것을 얻으려는 우리를 초조하게 만들려는 의도라고 할까요."

"설마, 그렇게까지 하겠습니까?"

"세지마라면 충분히 가능한 이야기입니다. 지금껏 동등한 입장이었지만 오늘은 우리가 그에게 부탁하는 자리가 아닙니까?"

서주원의 말이 끝날 때쯤 밖에서 소리가 들려왔다.

"왔나 봅니다."

박정호의 말이 끝나자마자 방문이 열리며 세지마와 도쿄미쓰비시은행의 다카가키 다스쿠 회장이 들어왔다.

"하하하! 늦어서 미안합니다. 한국에 자동차가 많아진 것 같습니다. 차가 막혀서 한참을 움직이지 못했습니다."

"하하! 어서 오십시오, 차가 많아지긴 했습니다."

박동호 대표는 세지마와 함께 웃으며 그를 반겼다.

"그동안 잘 지내셨습니까, 세지마 고문님."

서주원 주필은 세지마를 향해 고개를 깊숙이 숙이며 정중히 인사를 건넸다.

"하하하! 서 주필께서 염려해 주신 덕분에 아주 잘 지내고 있습니다."

세지마는 서주원의 인사에 기분이 좋은지 그의 어깨를 두드리며 말했다.

"잘 오셨습니다, 다카가키 회장님."

"하하하! 환영해 주셔서 감사합니다."

다카가키와 인사를 건넨 박정호는 세지마에게 상석을 권하며 말했다.

"저리로 앉으시지요."

"IMF 관리 체제인데도 차들이 많아지는 걸 보면 경제가 조금씩 살아나는 것 같습니다."

세지마와 함께 온 다카가키 회장이 앉으면서 말했다.

자동차가 늘어난 것이 의외라는 말투였다.

"작년보다 경기가 조금씩 살아나고 있습니다. 정부에서도 경기 부양을 위해 소비를 진작시킨 영향도 있습니다."

서주원이 자리에 앉으며 말했다.

정부는 외환 위기 직후 급격히 위축된 소비를 진작시키려는 방안의 하나로 1999년 5월 신용카드 현금 서비스 월 이용 한도를 폐지하고, 1999년 8월에는 신용카드 소득공제 제도를 도입했다.

또한 2000년 1월에는 신용카드 매출 전표 발행 사업자에 대한 세액공제 혜택도 확대할 예정이다.

이러한 정책은 신용카드 거래 활성화를 위한 것이었다.

그러나 신용카드의 무분별한 발행과 남용에 대한 후유증이 2001년부터 나타나기 시작했다.

"단기간의 조치로는 무너진 경제가 회복되지는 않지요."

"맞는 말씀이십니다. 정부가 여러 가지 방안을 내세우고는 있지만, 단기적인 방안과 문제가 발생할 수 있는 정책들이 대부분입니다."

"우리가 했던 정책들을 고스란히 가져다가 써먹는 것도 문제입니다. 일본과 한국은 여러모로 닮긴 했어도 전혀 다른데 말입니다."

서주원 주필의 말에 다카가키 회장이 답했다.

"맞는 말이야. 우리가 실패한 정책들을 고스란히 답습하고 있으니까. 그래서 한국은 예전이나 지금이나 일본의 아래에 머물 수밖에 없어."

세지마와 다카가키 두 사람의 말투는 다른 인물들과 만났을 때와는 전혀 달랐다.

그동안 만났던 인사들에게는 말하지 않은 한국에 대한 부정적인 견해를 거침없이 쏟아냈다.

*　　　*　　　*

"강태수는 미스터리한 인물입니다. 어디서 갑자기 튀어나왔다는 말이 어울린다고 할 수 있습니다."

서주원 주필은 세지마에게 정중히 술을 따르며 말했다.

"흠, 제가 볼 때도 28살의 나이에 어울리지 않는 모습이었습니다. 한데 닉스홀딩스 때문에 주선일보가 어려움에 부닥쳤다는 소리를 들었습니다."

"그렇지 않아도 세지마 고문님께 말씀을 드리려고 했습니다."

세지마의 입에서 주선일보가 나오자 박정호 대표가 기다렸다는 듯이 입을 열었다.

"말씀해 보십시오. 어려울 때 돕는 것이 진정한 친구가 아니겠습니까."

"그렇게 생각해 주시니, 정말 감사드립니다. 저희와 닉스홀딩스가 소송에 들어갔습니다."

"어떤 소송입니까?"

서주원의 말에 다카가키 회장이 물었다.

"주선일보에 실린 기사 내용으로 인해서 닉스홀딩스가 피해를 보았다며 손해배상을 요구하는 소송입니다. 한국은 물론이고 미국에서도 소송을 준비 중입니다."

"미국에서도 소송을 진행한단 말입니까?"

세지마가 호기심 어린 눈으로 물었다.

“예, 닉스홀딩스 산하 미국 법인 측에서 1억 2천만 달러에 달하는 소송을 제기할 것이라고 알려왔습니다. 한국에서의 소송도 문제지만, 미국 쪽 소송은 어떻게 대처해야 할지 고민이 많습니다.”

박정호가 술잔을 내려놓으며 말했다.

“흠, 난처한 일이 아닐 수가 없겠습니다. 제가 도울 일이 무엇입니까?”

“거대 기업인 닉스홀딩스와 싸우려고 하다 보니, 자금이 부족합니다. 그 때문인지 광고도 30%나 줄어들었습니다.”

“얼마나 필요하십니까?”

세지마는 박정호 대표의 말에 곧바로 물었다.

“적어도 50억(5백억) 엔 정도는 필요할 것 같습니다.”

“이왕 친구를 돕는 일인데, 50억 엔 갖고 되겠습니까? 1백억 엔을 지원해 드리겠습니다. 대신 주선일보가 해주실 일이 있습니다.”

“하하하! 물론입니다. 무슨 일이든 간에 세지마 고문님께서 하시는 일이라면 저희가 도와야지요.”

세지마의 말에 박정호 대표는 환한 표정으로 웃으며 대답했다.

“자! 이제 애들을 부르시지요. 두 분이 좋아하시는 스타일의 아이들로 준비해 놓았습니다."

"하하하! 기대해 보겠습니다."

서주원 주필의 말에 세지마는 크게 웃으며 말했다.

*　　　*　　　*

민주한국당의 한종태 의원은 한 TV 토론 프로그램에 나가 한국 경제가 처한 상황에 관해 토론을 벌였다.

"외환 위기는 이전에 잘못된 관행과 시스템을 고칠 수 있는 절호의 기회입니다. 지금의 시련을 기회로 만들면 한국호는 더욱 힘차게 오대양을 누빌 수 있습니다."

밝은 청색 계열의 양복을 입은 한종태는 자신감 넘치는 어투로 말했다.

"저도 한종태 의원님의 말씀에 깊이 공감합니다. 낡은 금융 시스템으로 지금까지 버텨온 것도 어찌 보면 행운이 아니었을까 생각해 봅니다. 금융시장 개방을 결코 우려스러운 시선으로 바라볼 필요가 없습니다. 금융시장과 주식시장이 개방됨으로써 우리가 필요로 하는 외국 자본들이 국내로 들어오는 것입니다. 이러한 시장 개방과 교류는 세계화에 한 발짝 더 나가는 것이기도 합니다."

최경두 교수는 방송에 자주 출연하는 경제학 박사였다. 하지만 그는 그동안 했던 말들을 자주 바꾸며 상황을 모면하는 어용학자이기도 했다.

동남아시아 외환 위기 당시 최경두 교수는 김영삼 정부 발표대로 한국에는 외환 위기가 절대 올 수 없다고 장담했었다.

그러나 외환 위기는 한국을 덮쳤고, 결국 IMF에 손을 내밀었다.

"저는 두 분의 말씀에 모두 동조하지는 않습니다. 외환 위기의 징조들을 정부와 기업들이 너무 등한시했었습니다. 경제 관료와 학자들 또한 안일한 의식과 우물 안의 개구리처럼 세계 경제 흐름을 너무 몰랐습니다. 이번 정부가 진행하는 개방화 정책들도 어쩔 수 없이 진행되는 것이 적지 않습니다. 그러다 보니 제대로 된 시뮬레이션을 돌려보지 못한 채 급하게……."

유상훈 경제학 박사의 말이었다.

그는 지금 현 정부가 추진하는 개방화와 경제정책들이 너무 과도하다고 말하는 학자 중의 하나였다.

"어려운 한국 경제에 대해서 다루다 보니 어느 때보다 토론 열기가 뜨거운 것 같습니다. 주제를 좀 바꿔서 이야기를 나누겠습니다. 지금 당면한 경제 위기를 어떻게 하면 해결할 수 있겠습니까?"

진행자인 정민근 아나운서가 한종태 의원을 바라보며 물었다.

"누구나 문제점을 제기하기는 쉽습니다. 드러난 문제점을 어떻게 고치고, 발전시켜 나갈 수 있는 길을 제시할 수 있느냐 없느냐가 중요한 것이지요. 현 정부가 추진하는 일련의 경제 정책들은 근시안적인 안목에서 나온 것들이 대부분입니다. 일자리 정책이라든지 힘들어하는 중소 업체들을 지원하는 문제에서도 있어서도 문제점이 한둘이 아닙니다."

"그러면 한종태 의원님께서는 지금의 어려운 경제 상황을 극복할 수 있는 대안이나 정책을 가지고 계시는지요?"

한종태의 말에 정민근 아나운서가 되물었다.

"물론입니다. 저는 영국에 머물 때부터 한국 경제의 회생 방법에 대해 깊이 연구하고 고민했습니다. 여러분이 아시다시피 로스차일드사의 투자를 받을 수 있었던 것도 말이 아닌 끊임없이 행동하고 투자를 얻기 위해 움직였기 때문입니다. 한국에 돌아와서도 저는 그러한 행동을 멈추지 않았습니다. 그러한 결과 저는 일본의 미쓰비시종합상사와 한국의 대산그룹에서 한일 해저터널에 대한 대규모 투자를 진행하겠다는 확답을 받아냈습니다."

한종태의 입에서 한일 해저터널에 대한 이야기가 공식적으로 흘러나왔다.

"방금 한일 해저터널에 대해 말씀을 하셨는데, 쉽게 말해 한국과 일본의 해저에 터널을 뚫어서 양국을 연결한다는 말씀이십니까?"

정민근 아나운서가 한종태의 말을 받아 다시 물었다.

"예, 1995년에 완공된 영불 해저터널처럼 말입니다. 한일 해저터널은 한국의 부산에서 대마도를 거쳐 일본의 규슈 사가현 가라쓰시를 잇는 총 길이 230㎞의 해저터널입니다."

한종태는 구체적으로 한일 해저터널 구간 계획까지 이야기했다.

"말씀을 들어보니, 구체적인 계획안까지 가지고 계시는 것 같습니다. 한일 해저터널에 대한 것은 지금 처음 말씀하시는 것입니까?"

"그렇습니다. 이 자리에서 처음 말씀드리는 것입니다."

한종태의 말에 함께 토론에 참석한 패널들의 눈이 다들 커졌다.

지금 한종태가 제의한 것은 보통의 일이 아니었기 때문이다.

"그렇다면 한일 해저터널이 만약 뚫렸다고 가정할 때, 양국의 경제적 이익이 어느 정도인지 말씀해 주실 수 있으십니까?"

한일 해저터널 발언으로 인해 토론회의 주인공이 한종태가 되어버렸다.

"예, 제가 조사한 바로는 한국은 대략 53조 원의 이익을 얻을 수 있고, 일본은 85조 원에 달하는 경제적 파급효과를 얻을 수 있습니다. 여기에 해저터널 건설공사만으로도 12조 원이 넘어서는 혜택을 볼 수 있습니다. 이와 함께 개통 이후 한일 간의 여객 수요를 제외한 연간 물류 영업이익만 2조 원에 달할 것이기 때문에 한국 경제에 큰 도움을 줄 수 있습니다. 또한 일본의 관광객들이……."

한종태는 구체적인 수치를 이야기하며 한일 해저터널에 대한 환상을 불어넣었다.

한종태 의원이 주장한 한일 해저터널은 다음 날 각 TV 뉴스와 신문사들이 비중 있게 다루었다.

그중에서도 주선일보는 1면에 한일 해저터널에 대한 이야기를 가장 심도 있게 실었다.

서주원 주필이 쓴 사설에서도 한종태 의원이 주장한 한일 해저터널이 현 IMF 관리 체제에서 보다 빨리 벗어날 수 있는 열쇠라고 주장했다.

Chapter 5

세지마는 한국 방문 일정을 마치고 일본으로 돌아갔다.

그가 한국을 떠난 이후부터 정·재계에서 한일 해저터널이 뜨거운 감자로 부상했다.

현재의 어려운 경제 상황에서 한일 해저터널이 하나의 돌파구가 될 수 있다는 여론이 서서히 형성되기 시작했다.

한국이 얻을 수 있는 경제적 파급효과도 적게는 64조 원에서 많게는 70조 원을 넘어설 것이라는 주장들이 나오고 있었다.

언론에 오르내리는 금액은 IMF에서 빌려온 자금을 모두 갚을 수 있는 금액이었다.

“주선일보가 주동이 되어 여론을 이끌고 있습니다.”

김동진 비서실장의 보고였다.

“세지마와 연결된 고리들이 하나둘 드러나고 있네요.”

“대산그룹이 미쓰비시종합상사의 한국 측 파트너가 맞는 것 같습니다. 대산그룹 내에 한일 해저터널과 관련되어 전담 사업팀이 만들어졌습니다.”

“흠, 이대수 회장이 어리석은 선택을 했군요.”

솔직히 대산그룹이 나서지 않았으면 하는 바람이었다.

“매각했던 대산건설을 다시금 인수하려 한다는 말도 흘러나오고 있습니다.”

“한종태 의원의 말을 들어보면 이미 사전에 모든 준비를 하고 있었던 것으로 보입니다.”

토론에 출연한 한종태는 한일 해저터널에 대해서 막힘없이 이야기했다.

충분한 조사와 검토가 이루어지지 않으면 이야기할 수 없는 내용이었다.

“미쓰비시종합상사가 몇 년 전부터 한일 해저터널의 타당성 조사를 해당 기관과 대학에 의뢰했었습니다. 그 자료를 한종태 의원에게 건넨 것 같습니다.”

경의선 철도 복원 공사를 한창 진행하고 있을 때 세지마의 지시를 받은 미쓰비시는 한일 해저터널의 타당성을 조사했다.

지진과 터널 내의 침수, 그리고 해양 환경오염 영향까지 다각도로 진행되었다.

“한종태 의원이 이야기한 경제적인 파급효과는 타당성이 있는 것입니까?”

“경의선이 개통되지 않았다면 가능성 없는 일입니다. 90조 원 이상이 소요될 것으로 보이는 공사비와 함께, 해저터널이 완공되었을 때 한국과 일본을 오가는 선박 물동량의 감소 가능성을 따져보면 경제적 효과가 생각보다 크지 않을 수 있습니다.”

“흠, 경의선이 아니었다면 한일 해저터널을 굳이 들고 나올 필요성이 없었다는 이야기군요.”

“예, 더구나 한일 양국의 수출입 물동량을 살펴보더라도 해저터널 완공 시 일본에게 더욱 유리하다는 것을 알 수 있습니다. 일본 관광객이 늘고 민간 교류가 더욱 활발해진다는 점을 내세우더라도 말입니다.”

대일 무역 적자는 올해 들어도 좀처럼 줄어들지 않고 있었다.

한국은 엔화 강세 여파로 수출 최대 호기를 맞고 있었지만, 일본제 소재와 부품 수입 증가로 인해 대일 무역 적자 폭이 오히려 커지고 있었다.

현재 추세대로라면 올해 작년보다 2배인 100억 달러에 달하는 대일 무역 적자를 기록할 것으로 전망했다.

"왠지 한일 해저터널이 임진왜란 때에 명나라를 정벌하겠다는 핑계로 길을 열어달라는 도요토미 히데요시가 생각나는데요."

한일 해저터널은 일본에 있어 한반도는 물론 유라시아 대륙 진출과 함께 유럽으로 향하는 황금길을 활짝 열어주는 꼴이었다.

"저도 그런 생각이 들었습니다. 한일 해저터널이 뚫리더라도 터널을 이용하는 운임은 항공과 선박을 이용하는 것보다 싸지는 않을 것입니다. 실제로 프랑스와 영국을 이어주는 영불 해저터널도 이용료가 저렴하지 않기 때문입니다. 대신 해저터널은 태풍이나 풍랑 등 자연재해와 갑작스러운 기후 변화에 영향을 받지 않는다는 장점이 있습니다."

현재 한일 양국을 오가는 항공기는 화물량과 인원 수송에 한계가 있었고, 선박 또한 기차와 차량에 비해 느리고 기후 상태에 영향을 받았다.

터널 이용료가 비쌀 수밖에 없다고 보는 것은 영불 해저터널보다 한일 해저터널이 5배나 길었기 때문이다.

"그렇겠네요, 항공기나 배는 기후에 영향을 많이 받으니까요. 모든 것을 떠나서 지금의 상황에서 한일 해저터널은 우리에게 큰 도움이 되지 않는다고 봐야겠습니다."

"실질적인 이익을 일본이 가져가게 될 것입니다."

"좋습니다. 계획했던 것들을 진행하시지요."

"알겠습니다, 좋은 결과를 만들어내겠습니다."

김동진 비서실장은 인사를 하고는 회장실을 나갔다.

"후후! 앞으로 세지마와 친일파가 어떻게 반응할지가 궁금해지는데."

회의 탁자에 놓인 한일 해저터널 건설 계획서를 바라보며 말했다.

* * *

대산그룹의 한일 해저터널 TF팀은 미쓰비시종합상사에서 건네준 해저터널 타당성 조사 자료를 검토했다.

일본은 이미 혼슈와 홋카이도를 잇는 세이칸 해저터널을 1964년에 완공한 경험이 있다.

세이칸 해저터널은 총 길이 53.9㎞이며 해저 구간은 23.3㎞이다.

49.94㎞인 영불 해저터널보다 긴 구간이며 세계 최장 길이의 해저터널이다.

영불 해저터널의 해저 구간은 37.9㎞이며 착공 당시 일본 관계자가 기술 고문으로 참여했다.

"공사가 진행되면 10년은 거뜬히 먹고살 수 있습니다. 영불 해저터널의 완공까지 8년이 걸렸습니다. 그동안 기술이 발전했다고는 하지만 영불 해저터널보다 다섯 배나 긴 길이 때문에 공사는 10년 이상 소요될 것입니다."

한일 해저터널 TF팀을 이끄는 김상현 전무의 보고였다.

그는 대산건설에서 잔뼈가 굵은 건설통이었다.

"그럼, 공사비는 얼마나 들어갈 것 같아?"

"대략 따져봐도 90조 원 가까이 들어갈 것 같습니다. 도로와 철도 구간을 동시에 진행해야지만 공사비가 절약될 것입니다."

"90조라. 정말이지 어마어마하군."

이대수 회장은 입맛을 다시듯이 말했다.

한일 해저터널 공사가 시작되면 90조 원의 공사비 중 절반은 일본 측이 조달하고 나머지를 대산그룹이 융통해야만 했다.

"한일 해저터널 공사가 시작되면 대산그룹은 이전의 모습을 되찾을 수 있는 기반을 마련할 수 있습니다."

정용수 비서실장은 자신 있게 말했다.

에너지 사업 실패와 중국 내 사업의 부진, 그리고 이어진 외환 위기가 대산그룹의 위용을 축소시켰다.

"그래, 대산을 다시 세울 기회야. 공사에 따른 기술적인 어려움은 없나?"

바닷속 밑을 서울에서 대구까지의 거리만큼 뚫는 공사였기 때문에 지상에서 하는 공사와는 확연히 달랐다.

"현재 한국 측 터널이 지나는 대한해협과 일본 측 이키해협의 수심이 최대 230m 정도라서, 현재의 굴착 방법으로 충분히 건설할 수 있습니다. 더구나 저희보다 앞선 일본의 터널 공사 기술을 확보할 수 있습니다."

"기술적인 문제가 없다면 정부의 허가와 공사비를 확보하는 것이 당면 과제인데."

"예, 도쿄미쓰비시은행에서 10조 원은 보증해 주겠다고 했지만, 나머지 금액은 저희가 확보해야 합니다. 대산건설을 인수하게 되면 그룹 내 여유 자금은 1조 2천억 원 정도입니다."

대산그룹 내 자금을 담당하고 있는 이동진 부사장의 말이었다. 로스차일드사의 투자 자금으로 인해 현금 유동성이 확보된 상태였다.

"흠, 30조 이상을 외부에서 끌어와야 한다는 것인데. 결국 컨소시엄밖에는 답이 없다는 건가?"

"컨소시엄은 일정 부분 해야겠지만 정부의 협조와 자금 지원을 받아내야 합니다. 공공의 일자리를 대규모로 창출하는 큰 공사입니다.”

“김 전무의 말이 맞습니다. 한일 해저터널은 국익과 곧바로 연결되는 일입니다. 연간 2조 원의 물류 영업이익과 1백만 명의 관광객을 유치할 수 있습니다.”

“그래, 이만한 사업이 없어. 한일 해저터널에 대산의 사운을 걸고 집중하도록 해. 한종태 대표와 주선일보도 움직여 주고 있으니까. 정치권에서도 뭔가 나오겠지.”

이대수 회장은 세지마가 약속한 것을 떠올리며 말했다.

한일 해저터널 공사와 함께 한국 측 터널 관리권도 대산그룹이 가져갈 수 있도록 도와주겠다는 약속이었다.

해마다 발생하는 2조 원에 달하는 통행료 수익 중 절반만 가져오더라도 매년 1조 원의 수익이 안정적으로 발생하는 것이다.

*　　　*　　　*

MI6의 홍콩 극동통제단에 머무는 스미스 국장은 당황스러운 보고를 받았다.

임무를 맡겼던 은퇴한 코드제로 첸 로빈슨이 서울에서 잠적해 버린 것이다.

첸이 제거하려 했던 BBC의 윌슨 올리버와 치료를 마친 데

스엔젤의 에디 스톤은 한국을 떠나 보다 안전한 모스크바로 향했다.

쾅!

"도대체 어떻게 된 일이야?"

스미스 국장은 쳉이 사라졌다는 말에 주먹으로 책상을 내리쳤다.

"닉스호텔에 머문 것까지는 확인되었지만, 그 후에는 행적이 확인되지 않습니다."

"그림자는 어떻게 된 거야?"

쳉을 감시하기 위해서 MI6 극동통제단의 요원을 붙였다.

"그림자도 행방불명되었습니다. 제가 생각할 때는 그림자를 쳉이 제거한 것 같습니다."

쾅!

"놈이 우릴 우습게 생각했어."

리들리 차장의 말에 스미스 국장은 다시금 책상을 내리치며 말했다.

MI6는 은퇴한 쳉에게 모든 편의와 연금을 지급하고 있었다.

"작전을 더는 진행할 수 없을 것 같습니다."

"이젠 작전이 중요한 게 아니야. 우리 조직을 무시한 놈을 이대로 둘 수는 없어. 명령을 어기는 놈을 그냥 두게 되면 또 다른 쳉이 나오니까 말이야."

"쳉은 코드제로 중에서도 가장 뛰어난 인물이었습니다. 그를 상대할 인물이 극동통제단에는 없습니다."

"내부에서 찾을 수 없으면 외부에서 불러오면 돼. 작전 실패의 모든 책임은 쳉에게서 받아내야 하니까, 놈을 반드시 제거해야 해."

"알겠습니다. 쳉의 행방을 추적하겠습니다."

리들리 차장은 스미스 국장의 말뜻을 이해한 듯이 대답했다.

"모스크바에서 월슨 올리버와 에디 스톤을 추적하기가 힘드나?"

"그동안 모스크바에서 진행된 작전은 모든 실패했습니다. 그러는 사이 저희는 물론 CIA도 어렵게 마련한 러시아 내의 근거지를 모두 잃어버렸습니다. 저희가 움직이면 코사크가 바로 눈치를 챌 것입니다."

"흠, 이대로 두 놈을 내버려 둘 수는 없어. 놈들은 언제 터질지 모르는 시한폭탄이야. 작전이 아닌 놈들이 있는 장소만 확인하면 돼.

"저희 쪽에서는 어쩔 수 없습니다. 통제단의 협조를 받아야만 합니다."

리들리 차장은 스미스 국장이 원하는 답을 하지 않았다.

"알겠네. 자넨 쳉의 행방을 찾아내."

"예, 그럼."

리들리 차장은 스미스 국장에 인사를 건넨 후에 방을 나갔다.

"이놈이나 저놈이나 자기 살길만 찾지, 조직을 위하는 놈이 없어."

스미스 국장은 선을 긋는 리들리 차장의 행동이 불만이었다.

"결국, 이 친구를 만나봐야 하는 건가?"

스미스 국장의 손에 들린 사진은 흑전의 호법이었던 백천결이었다.

*　　　　*　　　　*

오부치 게이조 일본 총리와 천지회의 세지마 류조가 점심을 먹기 위해 자리를 함께했다.

"총리께서 바쁘신데 시간을 내주셔서 감사합니다."

"아닙니다, 선생님이 부르시면 당연히 달려와야지요."

세지마의 말에 오부치 총리는 공손하게 대답했다.

세지마에게 밉보이는 순간 그의 총리 생활은 물론 차기 총리 생활도 어렵기 때문이다.

"요새 경기를 살리기 위해 동분서주하고 계신다고 들었습니다."

"말씀대로 경기 부양책을 썼지만, 소비 심리가 생각만큼 살아나지 않고 있어 걱정입니다. 더구나 엔화 강세가 지속되고 있어 수출 업체들도 힘들어하고 있습니다."

올해 초부터 시작된 엔화 강세는 좀처럼 수그러들 기미가 없었다.

"흠, 어려움이 따르는 시기입니다. 우리가 생각했던 만큼 주변이 움직여 주고 있지 않은 것도 대외 여건을 어렵게 만들었습니다. 총리께서는 제가 한국을 방문한 이유를 알고 계십니까?"

"예, 일한 해저터널을 위해서 방문하셨다고 미야자와에게 전해 들었습니다."

미야자와는 일본의 재무장관이었다. 미야자와 또한 세지마를 따르는 인물이다.

"총리께서 진행했던 경기 부양책이 성공했다면 지금 시기에 일한 해저터널을 굳이 고집할 필요가 없었습니다. 하지만 남북한의 철도가 연결되고 신의주특별행정구가 성공하는 모습에 더는 일한 해저터널을 늦출 수가 없습니다. 잘못하면 한국이 얼마 되지 않아 일본을 추월할 수 있는 기반을 마련할 수 있습니다."

"한국을 그 정도로 보셨습니까?"

"지금 당장은 IMF로 어려워 보이지만 한국을 방문해 보니, 생각했던 것보다 경제 위기가 심해 보이지 않았습니다. 금융 기관과 재벌들의 순차적인 구조 조정과 함께 한국 정부의 경기 부양 정책이 먹혀 들어가는 모습이었습니다."

세지마는 민주한국당 한종태 의원이 주장하는 말과는 다르게 이야기했다.

"흠, 선생님께서 그리 보셨다면 여유를 부릴 때가 아닌 것 같습니다."

"지금은 지켜볼 때가 아니라 결정해야 할 시기입니다. 한국 경제가 이번 외환 위기로 10년을 후퇴할 줄 알았는데, 오히려 체질 개선을 진행할 줄은 저도 예상치 못한 일입니다."

세지마가 이스트와 웨스트 세력에 협조한 것은 일본을 따라오는 한국 경제의 싹을 죽이기 위해서였다.

하지만 예상외로 한국 경제가 위기를 잘 대처하고 기회로 전환하는 모습에 세지마는 충격을 받았다.

"한국 언론의 보도와는 다르다는 말씀이시군요."

"한국의 기업들은 언론 보도와 다르지 않은 모습이었습니다. 그런데 재계 순위 1위로 올라선 닉스홀딩스만은 오히려 더욱 성장세를 구가하면서 한국 경제를 떠받치고 있었습니다."

"닉스홀딩스가 현대나 삼성보다도 더 큰 기업이 되었다는 말씀이십니까?"

오부치 총리는 닉스홀딩스에 대해 자세히 알지 못했다.

"제가 볼 때는 두 재벌을 합한다고 해도 닉스홀딩스를 따라갈 수 없을 것입니다. 그래도 다행스러운 점은 이번 방한을 통해 닉스홀딩스가 주도했던 한반도 종단 철도를 우리 기업들도 이용할 수 있는 길을 열었다는 것입니다."

"하하하! 듣던 중 반가운 말씀이십니다. 제가 염려했던 것도 한국이 시베리아 횡단철도와 연계해 동아시아의 물류 사업을 장악하는 것이 아닌가 하는 걱정이었습니다."

오부치 총리는 크게 웃으며 말했다.

작년부터 일본은 23조엔 규모의 긴급 경기 부양책을 발표하여 현금성 상품권까지 배부하면서까지 얼어붙은 소비 심리를 자극하기 위해 부단히 노력했지만 생각했던 만큼 효과를 보지 못했다.

더구나 엔화 강세 여파로 기업들도 투자보다는 소비를 줄이는 상황이었다.

"대신 닉스홀딩스가 원하는 것을 내주어야 합니다. 그게 아직은 정해지지 않았습니다."

"무얼 내어주든지 간에 유럽으로 향하는 길을 확보하는 것이 우선이지 않겠습니까?"

"총리의 생각도 그렇다면 협상을 빠르게 진척시킬 수 있겠습니다."

"선생님께서 원하시는 것이 제가 원하는 것입니다. 물심양면으로 지원해 드리겠습니다."

"하하하! 고마운 말씀입니다. 조만간 일본 제품들을 실은 기차들이 유럽으로 달려갈 것입니다."

"저도 그 모습을 하루라도 빨리 보고 싶습니다. 일한 해저터널도 정부 차원에서 한국 측에 공식적으로 제기하겠습니다."

"한국에 있는 친일 인사들과 언론이 움직이고 있으니, 총리께서 힘을 쓰시면 좋은 결과가 있을 것입니다. 한국은 앞으로도 일본에 종속되어야만 우리가 번영할 수 있습니다. 지금의 상황을 그냥 내버려 두게 되면 반드시 우리의 발목을 잡을 것입니다."

"예, 선생님이 일본을 사랑하는 마음을 본받아서 일한 해저터널을 성사시키도록 최선을 다하겠습니다."

오부치 총리는 세지마에게 고개를 숙이며 존경의 예를 표했다.

한국에서는 지한파로 불리는 세지마 류조가 무엇을 위해 이토록 노력하는지를 오부치 총리는 잘 알고 있었기 때문이다.

일본은 한반도에서 물러난 이후 지금까지 계속해서 친일파를 지원하고 양성해 왔다.

그러한 결과 지금까지도 일본을 동경하고 협조하는 정치인과 언론을 한국에 둘 수 있었다.

직접적인 지배를 할 수 없다면 경제와 문화 종속을 통해서라도 한반도를 일본 아래에 두어야만 동북아의 패자로서 자리를 굳건히 잡을 수 있기 때문이다.

Chapter 6

일본의 오부치 게이조 총리는 국회 연설을 통해서 한일 해저터널에 대해 공식적으로 언급했다.

한일 해저터널을 통해 한일 양국의 경제 발전을 도모할 뿐만 아니라, 양국 국민 간의 인적 및 문화 교류 확대를 통해서 불행한 과거를 청산하는 길을 앞당기자고 제안했다.

일본의 언론들은 오부치 총리의 연설을 일면 머리기사로 내보내며 한일 해저터널이 가져다줄 수 있는 경제 효과를 따져보았다.

대다수의 일본 언론들은 남북한을 연결하는 경의선을 통해서 시베리아 횡단철도와 곧바로 연결될 수 있다는 점에 초점을 맞추었다.

전문가들도 90조 원에 달하는 천문학적인 공사비도 한반도를 거쳐 유라시아로 진출할 수 있는 조건이라면 아주 싼 가격이라며 열띤 토론을 벌였다.

우익 성향의 언론들은 한일 해저터널을 통해서 유라시아에 진출해야만 침체 국면에 빠진 일본 경제를 다시금 살아나게 할 수 있다고 목소리를 높였다.

이와 함께 IMF 관리 체제 아래에 있는 한국 경제의 부활에도 한일 해저터널이 큰 역할을 할 것이라고 주장했다.

"일본에서도 여론 몰이가 시작되었습니다. 오부치 총리의 국회 연설 이후 일본 내 언론들이 연일 한일 해저터널에 관한 이야기를 하고 있습니다."

김동진 비서실장이 언론 동향에 대해 보고했다.

"일본에서 불을 붙였으니, 한국도 열심히 부채질하겠지요. 정부의 반응을 어떻습니까?"

"아직 공식적인 반응을 보이지는 않고는 있지만, 청와대에서도 긍정적인 신호를 내보내고 있습니다. 대다수 언론도 현 정부와 오부치 총리와의 관계가 나쁘지 않은 점을 들어 성사 가능성을 크게 보고 있습니다."

"대산그룹이 어떻게 움직이고 있습니까?"

"현대건설에 넘겼던 대산건설을 다시 인수하는 것으로 결정한 것 같습니다. 대산의 TF 실무진이 현대건설과 인수 자금에 대한 구체적인 협상에 들어갔습니다."

"흠, 생각보다 발 빠르게 움직이고 있네요. 공사 대금은 어떤 식으로 마련할 것 같습니까?"

한일 양국의 언론들은 90조 원에 달하는 공사비의 재원 조달이 쉽지 않을 것이라고 예상했다.

한일 양국 모두 경제 상황이 녹록지 않았기 때문이다.

"도쿄미쓰비시은행이 대산그룹에 1조 엔(10조)을 보증을 서 준다는 이야기가 흘러나오고 있습니다. 그렇다고 해도 대산그룹은 적어도 20조 원의 공사 대금은 마련해야 원활하게 공사를 진행할 수 있을 것입니다. 그 때문이라도 컨소시엄과 함께 정부의 협조를 구할 것 같습니다."

10년 가까이 장기간의 공사를 진행하게 되면 대외 변수들에 대한 준비를 해야만 했다.

세계 최대 길이의 해저터널 공사였기 때문에 어떤 문제가 발생할지는 누구도 예측할 수 없었다.

적어도 1년 이상 걸쳐 해저 구간에 대한 정밀한 지질조사와 환경 조사도 진행해야만 하며, 그 비용도 만만치 않았다.

"일본의 공식적인 제의이니 정부가 어떤 식으로든 입장을 내어놓아야 할 것입니다."

닉스미디어 총괄대표인 박명준의 말이었다.

"그렇겠지요. 정치권의 분위기는 어떻습니까?"

"민한당은 한종태 의원의 주장을 적극적으로 뒷받침하고 있습니다. 여당에서도 경기 부양책으로 한일 해저터널이 나쁘지 않다는 의견들이 나오고 있습니다."

"박 대표님의 말처럼 대규모 경기 부양 정책의 필요성을 언론들이 내세우고 있습니다. 한종태 의원과 주선일보를 비롯한 몇몇 언론들이 여기에 동조하며 여론을 형성하려는 분위기입니다."

박명준 대표의 말을 이어 김동진 비서실장이 추가로 설명했다.

"흠, 다들 나무만 보고 숲을 보지 않으려는 모습입니다. 일본이 무엇을 노리고 있는지 알면서도 동조하는 언론들은 더욱 문제가 됩니다."

주선일보는 특별 시리즈로 한일 해저터널의 당위성과 장점만을 내세우는 글을 연일 기사화했다.

그리고 몇몇 신문사들도 갑자기 주선일보와 같은 논조로 기사를 내보냈다.

이러한 기사를 내보낸 신문사마다 국내에 진출한 일본 회사들의 광고가 부쩍 늘었다.

“미래의 이익보다는 지금 당장 눈에 보이는 이익이 커 보이는 것 같습니다. 한일 해저터널에 대해 호의적인 기사를 쓴 신문사마다 일본 회사들의 광고가 계속 실리고 있습니다. 대부분 광고 단가가 가장 비싼 전면 광고와 1면 컬러 광고들입니다.”

전면 광고는 신문 광고의 가장 크고 임팩트 있는 브랜드형 광고로 신문 한 면을 다 광고로 채우는 것이다.

그중에서도 종합지의 뒷면은 절대적인 노출 효과로 가장 높은 단가를 차지하고 있었다.

일본 기업들은 높은 단가를 차지하는 1면과 뒷면 전면 광고에 집중적으로 돈을 썼다.

그중에서도 미쓰비시종합상사는 한일 해저터널의 가상 사진이 담긴 기업 홍보용 광고를 주선일보 전면에 실어 내보냈다.

“정말이지 주선일보 기사와 광고만 보면 내일이라도 당장 한일 해저터널이 시작될 분위기입니다.”

“일본이 얼마나 한일 해저터널과 한반도 종단 철도에 목을 매고 있는지를 단적으로 보여주는 일입니다. 한국 정부의 반응이 나오면 세지마와 그에게 동조하는 인사들이 본격적으로 움직일 것입니다. 우린 세지마와 일본이 더욱 깊이 수렁에 빠질 수 있도록 하면 됩니다. 그리고 우리가 인수할 일본 기업은 세계 점유율 1위 기업이어야만 합니다."

세지마에게 제시할 조건 중 하나가 일본 기업의 인수로, 세계 점유율 1위를 기록하고 있는 대표적인 기업을 인수하는 것이었다.

"닉스홀딩스 계열사와 협력하여 최대 효율을 낼 수 있는 기업들을 조사하고 있습니다. 현재까지 미쓰비시레이온, 토레이, 텐진화학, 신에츠화학공업, 야스카와전기, 오사카티타늄, 페로텍(FerroTec) 등이 명단에 올라왔습니다."

김동진 비서실장이 이야기한 일본 기업들은 세계시장에서 독보적인 점유율을 기록하고 있는 첨단 소재 부품 업체들이다.

이들 기업은 한국과의 교역에서도, 한국의 대일 역조액 중 약 60%를 웃도는 적자를 기록하게 만드는 부품과 소재 관련 업체들이었다.

"반도체와 연관된 기업을 더욱 조사하십시오. 우린 적어도 2개 이상의 기업을 인수할 수 있도록 해야만 합니다."

"예, 꼭 그렇게 만들겠습니다."

김동진 비서실장의 말처럼 명단에 오른 일본의 최첨단 부품 소재 기업들은 지금도, 미래에도 한결같이 세계 1등 기업들이었다.

이들 기업을 인수하는 것만으로도 일본에 타격을 줄 수 있을 뿐만 아니라 블루오션과 블루오션반도체가 더욱 날개를 달고 앞서 나갈 수 있는 발판이 마련되는 일이었다.

*　　　*　　　*

한국 정부는 일본의 한일 해저터널 제의에 공식적인 반응을 발표했다.

먼저 국민 여론을 수렴한 후에 한일 해저터널에 대한 타당성 조사를 긍정적으로 검토해 보겠다는 발표였다.

일본이 원하는 반응이었고, 한일 해저터널 성사 가능성이 한층 커지는 발표였다.

일본 정부는 곧바로 총리실에서 환영하는 성명서와 함께 곧바로 한국 정부와 실무진 협상에 돌입할 수 있다고 기자들에게 발표했다.

"하하하! 정부가 드디어 원하는 바를 발표했습니다. 한 대표님께서 노력하신 결과이십니다."

대산그룹의 이대수 회장은 한종태 의원과 오찬을 함께했다.

"하하하! 이 회장님께서 물심양면으로 도와주신 결과입니다. 여야를 막론하고 대부분의 의원들을 만나셨다고 들었습니다."

이대수 회장은 안면이 없는 의원들도 손수 찾아가 한일 해저터널의 필요성에 대해서 이해를 구했다.

"한 대표님께서 힘써주신 것에 비하면 아무것도 아닙니다. 세지마 고문의 연락은 받으셨습니까?"

"정부 발표가 있자마자 연락을 받았습니다. 차기 대선 자금은 염려하지 말라고 하더군요."

"하하하! 역시! 세지마 고문다운 말입니다. 이제부터 민한당의 당권부터 시작해서 차근차근 준비해 나가시면 되겠습니다."

"하하하! 그래야지요. 이 회장님과 세지마 고문이 밀어주는데, 다음번 대선은 지려야 질 수가 없는 게임입니다."

"하하하! 그렇지요. 한일 양국에서 한 대표님을 전폭적으로 지지하는데 차기 대통령은 따놓은 당상입니다. 더구나 여당은 다들 고만고만해서 나올 만한 인물도 없습니다."

두 사람은 이야기할 때마다 웃음꽃이 피었다.

한일 해저터널은 대산그룹의 향후 10년을 책임져 줄 먹거리였고, 한종태에게는 막대한 정치자금을 받아낼 수 있는 여건이 조성되는 일이었다.

"한 가지 걸림돌은 닉스홀딩스가 경의선 이용을 허락하느냐입니다."

"세지마 고문이 협상한다고 했으니, 지켜봐야겠지요. 한일 해저터널 공사의 필요성은 강태수 회장도 잘 알고 있을 것입니다. 여론과 정부의 뜻을 자기 고집대로 할 수는 없으니까요."

"강 회장은 예측 가능한 인물이 아니라서 말입니다."

이대수 회장의 말에 한종태는 걱정스러운 말을 했다.

지금껏 강태수는 한종태 의원이 예상한 범주를 벗어나는 행동을 해왔기 때문이다.

"이번에는 다를 것입니다. 정부를 비롯해서 국민들 대다수가 원하는 사업이니까요. 지금은 자신의 욕심을 차리기 위한 분위기가 아닙니다."

"흠, 물론 그렇지만 강 회장과 연관된 일은 언제나 좋지 않은 결과로 이어져서요."

"하하하! 너무 염려하지 마십시오. 천하의 강태수라고 해도 이번만은 어쩔 수 없을 것입니다."

"하하! 이 회장님께서 그리 말씀하시니까, 제가 괜한 걱정을 한 것 같습니다."

"예, 기우일 뿐입니다. 대세는 이미 완전히 기울었습니다. 제가 볼 때는 착공이 언제 시작하는지에 대한 결정만 남았습니다. 그만큼 세지마 고문과 일본 정부의 의사가 강력하지 않습니까? 더구나 국내도 한 대표님의 의도대로 움직이는 상황이니까요."

"하하하! 그건 그렇지요. 제가 대선 이후부터 강태수에 대한 피해 의식이 생겼나 봅니다."

"한 번 실수는 병가의 상사입니다. 이제부터 한일 해저터널을 등에 업고 우리의 세상을 만들어야지요."

"하하하! 이 회장님께서 제 마음을 편안하게 해주시는 말씀만 하십니다."

"하하하! 그렇습니까? 저는 있는 그대로 사실만 말씀드렸습니다. 자! 음식도 나왔으니, 즐겁게 식사를 하시지요."

두 사람이 말하는 사이 먹음직스러운 요리들이 테이블을 하나둘 채우기 시작했다.

"예, 오늘은 소화가 아주 잘될 것 같습니다. 하하하!"

이대수 회장의 말에 한종태 의원은 기분 좋은 웃음을 토해냈다.

*　　　*　　　*

경의선 이용을 위한 협상을 위해 세지마 류조를 보좌하는 마스다 노부유키가 전권을 이임받아 닉스홀딩스의 실무진과 협상 테이블에 앉았다.

세지마는 별도로 시베리아 횡단철도를 이용하기 위해서 룩오일NY의 회장인 표도르 강을 만나기 위해 모스크바로 향했다.

"닉스홀딩스의 요구를 최대한 들어드릴 것입니다."

마스다는 능글맞은 웃음을 내보이며 말했다.

마스다 노부유키는 세지마가 이토츄 상사에서 근무하던 시절부터 그를 보좌해 왔다.

"고마운 말씀입니다. 저희도 협상에 앞서 세지마 고문께서 제의하신 조건을 검토해 보았습니다. 하지만 제의하신 조건으로는 계약이 힘들 것 같습니다."

협상 책임자인 김동진 비서실장이 안경을 고쳐 올리며 말했다.

"하하하! 조건은 변하는 법이지요. 그래서 우리가 이렇게 협상 테이블에 마주 앉은 것이 아닙니까."

"하하! 물론 그렇지요. 그럼, 저희가 검토한 조건을 말씀드리겠습니다."

"무리한 조건이 아니라면 수용할 준비가 되어 있습니다."

마스다는 최대한 닉스홀딩스의 조건을 수용하라는 세지마의 지시를 받았다.

"첫 번째, 1천억 엔을 이용료로 미리 지급해 주신다는 조건은 2천억 엔(약 2조 원)으로 올렸으면 합니다. 두 번째, 5천억 엔을 장기 저금리로 대출해 주신다는 것은 그대로 수용하겠습니다. 대신 그 돈으로 앞에 기록된 회사들 중 적어도 두 곳을 인수하길 원합니다."

"말씀하신 금액은 저희가 수용할 수 있는 범위입니다. 닉스홀딩스가 어떤 회사를 원하시는지 궁금하네요."

김동진 비서실장이 내민 서류를 받아 든 마스다의 표정이 급격하게 변하는 것이 눈에 확연히 보였다.

서류에 이름이 적힌 일본 회사들 모두가 전 세계 점유율 1위를 기록하는 제품을 만드는 회사였기 때문이다.

더구나 닉스홀딩스는 지금 자신들의 돈을 한 푼도 들이지 않고 일본 최고 기업들을 인수하려는 것이었다.

*　　　*　　　*

오전 협상에서는 결론을 내리지 못했다.

닉스홀딩스가 새롭게 들고 나온 협상안은 세지마의 대리인 마스다 노부유키를 당황하게 하는 조건이었다.

세지마에게 전권을 이임받은 마스다였지만, 기업 인수와 연관된 부분은 쉽게 결정할 수 없는 문제였다.

더구나 닉스홀딩스의 명단에 오른 기업들은 일본이 자랑하는 기업들이었다.

"기업 인수의 문제는 여기서 결정할 문제가 아닌 것 같습니다. 그 문제는 차후에 이야기하시는 것이 어떻습니까?"

식사를 마치고 시작된 오후 협상에서 마스다는 한발 물러나는 발언을 했다.

"저희는 확답을 받지 않고서는 협상을 이어갈 생각이 없습니다. 굳이 일본 기업들의 물건을 실어 나르지 않아도 국내 기업들이 생산하는 제품들의 물동량으로도 벅찬 상태입니다."

경의선이 개통된 이후 국내 생산된 제품들이 화물열차에 실려 북한을 거쳐 시베리아 횡단철도를 통해서 러시아와 유럽으로 수출되고 있었다.

국내 기업들이 상당수 진출한 동유럽까지 정확한 날짜에 필요한 원자재와 물품들이 안전하게 공급되자 유럽에서 경쟁력이 살아나고 있었다.

비행기와 배로 운반하던 물류비용이 절반 이하로 줄어든 것도 크게 작용했다.

"하하! 제의를 거절한다는 말이 아닙니다. 제가 결정한다고 해도 해당 기업들에서 문제를 제기하면 어쩔 수가 없다는 말입니다."

김동진 비서실장이 강하게 나가자 마스다는 조금은 당황한 표정으로 말했다.

"어쩔 수가 없다면 협상은 여기서 끝입니다. 저희가 제의한 조건 중, 단 하나도 빼놓지 않고 이루어져야만 협상이 계속될 수 있습니다."

"그렇다면 이건 어떻습니까? 저희가 닉스홀딩스에서 제의한 2천억 엔에서 1천억 엔을 추가해 3천억 엔을 선지급 형식으로 제공하면 어떻습니까?"

"고마운 말씀이시지만 2천억 엔으로도 충분합니다. 저희의 관심사는 돈보다는 저희와 연관된 기업 인수를 통한 안정적인 부품과 소재 수급에 있습니다."

김동진 실장은 일본 기업을 인수하려는 목적을 말해주었다.

"흠, 정 그러시다면 제가 할 수 있는 최선을 말씀드리겠습니다. 닉스홀딩스가 요구하신 기업 인수에 있어서 한 개 회사는 허용할 수 있도록 노력해 보겠습니다. 하지만 두 개의 회사는 솔직히 제 손에서는 어렵습니다."

"지금의 안으로는 제가 저희 회장님을 설득할 수가 없습니다."

김동진 비서실장은 마스다의 새로운 제의에도 양보할 기세가 없었다.

"그렇다면 한일 해저터널에 시행자로 참여할 수 있게 해드리면 어떻겠습니까?"

"저희는 한일 해저터널에는 관심이 없습니다."

"후! 알겠습니다. 제가 닉스홀딩스의 제의에 대해서 본국에 연락을 해보겠습니다. 그다음에 협상을 다시 시작하는 거로 하시죠."

김동진 비서실장의 말에 마스다는 한숨을 내쉬며 말했다.

협상이 무리 없이 잘 진행될 것이라는 처음 예상과 달리 길어질 것 같다는 생각이 들었다.

한반도 종단 철도 이용이 성사되어야 시베리아 횡단철도 이용에 대한 협상도 순탄할 수 있었다.

"알겠습니다. 저희가 제시한 조건은 일본 기업들이 누릴 수 있는 혜택에 비하면 그리 비싼 가격은 아니라고 봅니다."

김동진 비서실장은 협상 테이블에서 일어나며 말했다.

오후부터는 전권을 이임받은 두 사람만이 협상 테이블에 앉아 이야기를 나누었다.

"후! 너무 쉽게 생각했어."

김동진 비서실장이 방에서 나가자 마스다가 한숨을 내쉬며 말했다.

김동진이 이야기한 말은 사실이다.

해외로 수출하는 데 있어 물류비용은 제품 가격을 상승시키는 요인 중의 하나였다.

한반도 종단 철도와 시베리아 횡단철도망을 이용하면 지금보다 값싸게 일본 제품을 러시아와 유럽으로 보낼 수 있었다.

한일 해저터널까지 개통되면 안정적으로 한반도와 중국까지 일본 제품을 공급할 수 있게 된다.

이것은 곧 일본 경제가 다시금 한반도와 중국까지 영향력을 확대할 뿐만 아니라 경제 지배력을 더욱 확고히 하는 일이었다.

현재 IMF를 맞이한 한국과 첨단 기업체가 없이 저렴한 인건비로 부품 공장 노릇을 하는 중국이 일본을 따라잡기에는 머나먼 일로 보였다.

"흠, 작은 것에 연연하기보다는 큰 그림을 그려야 하겠지."

마스다는 남산의 정경이 한눈에 들어오는 창밖을 바라보며 여러 가지 생각을 하나로 정리해 갔다.

Chapter 7

세지마 류조는 어렵게 룩오일NY 그룹의 비서실장인 루슬란을 만날 수 있었다.

러시아로 떠나기 전 여러 방면으로 룩오일NY를 이끄는 표도르 강 회장을 만나기 위해 노력했지만 만남이 이루어지지 못했다.

대신 표도르 강을 그림자처럼 수행하며 룩오일NY에 큰 영향력을 행사하는 루슬란 비서실장을 만나게 된 것이다.

그 자리에는 시베리아 횡단철도를 운영하는 룩오일TSR의 대표인 소콜로프도 함께했다.

"하하하! 귀한 시간을 내주셔서 반갑습니다. 세지마 류조입니다."

세지마는 고개를 숙이며 정중하게 인사를 건넸다.

한국을 방문했을 때 한종태에게만 고개를 살짝 숙였을 뿐이었다.

"하하하! 러시아를 방문을 환영합니다. 루슬란이라고 합니다. 이쪽은 룩오일TSR를 맡고 있는 소콜로프 대표입니다."

"반갑습니다. 소콜로프입니다."

"세지마 류조입니다."

소콜로프에게는 악수만을 건넸다.

세 사람은 통역 없이 영어로 대화를 나누었다.

"회장님께서 직접 맞이하지 못해 미안하다는 말을 전해달라고 했습니다."

"하하하! 표도르 강 회장님이 러시아에서 제일 바쁘시고 만나기 어렵다는 이야기를 들었습니다."

"하하하! 그 말은 사실입니다. 전 세계에서 회장님을 만나 뵙고 싶어 하는 인사들이 줄을 서고 있으니까요."

루슬란 비서실장은 세지마의 말에 화답하며 말했다.

"다음에는 회장님을 꼭 한번 만나 뵙고 싶다는 말을 전해주십시오."

"예, 세지마 고문님의 의사를 그대로 전하겠습니다."

"감사합니다. 모스크바에 와서 보니 룩오일NY의 위용이 실제로 들은 것보다 더 크다는 것을 알게 되었습니다."

"룩오일NY는 러시아를 일찌감치 벗어나 세계로 뻗어나간 기업입니다. 북미는 물론 유럽과 아시아를 비롯하여 아프리카에서도 수많은 사업들을 진행하고 있습니다."

"말씀을 들으니, 더 대단하다는 생각이 듭니다."

세지마는 이미 모스크바를 찾기 전 룩오일NY에 대한 조사를 벌였다.

루슬란 비서실장의 말처럼 룩오일NY는 이미 초일류 기업이었다. 일본을 대표하는 종합상사들도 따라갈 수 없을 정도로 세계적인 반열에 올라섰다.

더구나 룩오일NY가 실질적으로 러시아를 움직이고 있었다.

"세지마 고문께서 러시아를 방문한 목적이 시베리아 횡단철도에 관한 상황이라고 들었습니다."

"예, 저희 일본의 기업들도 시베리아 횡단철도망을 이용하여 제품을 유럽으로 공급하고 싶어서입니다."

"그렇기 위해서는 한반도 종단 철도망을 이용해야만 하지 않겠습니까?"

룩오일TSR의 대표인 소콜로프가 질문했다.

“맞습니다. 지금 그 협상을 닉스홀딩스와 순탄하게 진행하고 있습니다. 아마도 내일쯤이면 공식적인 계약서에 서명할 것입니다. 그와 함께 일본과 한국을 연결하는 일한 해저터널도 정부 간 협상이 진행할 예정입니다.”

“그 말씀이 사실이라면 시베리아 횡단철도의 이용에 대한 사전 장애물들이 제거되었다고 볼 수 있겠습니다.”

“예, 일한 해저터널이 개통되기 전까지는 부산항을 이용해서 물건을 실어 나를 예정입니다.”

이미 모든 계약이 체결된 것처럼 세지마는 말했다.

일본에서 러시아의 블라디보스토크항으로 직접 보낼 수도 있었지만 동해는 험한 항로였다.

계절적 요인도 고려해야 할 뿐만 아니라 북한의 영해를 벗어나 운항해야 했기 때문에 물류비용도 적지 않았다.

“신의주특별행정구와 한국에서 보내지는 제품들로 인해 시베리아 횡단철도의 물동량이 크게 늘어나고 있어서, 추가로 일본에서 보내지는 물동량을 커버할 수 있을지가 문제입니다.”

소콜로프 대표가 세지마의 말에 조금은 난감한 표정으로 말했다.

‘후후! 충분하다는 것을 알고 있는데도 이런 소리를 하는 걸 보면 협상할 의사는 있다는 거군.’

"시베리아 횡단철도에 대한 개선 공사가 마무리되었다고 들었습니다."

46개월에 걸쳐서 시베리아 횡단철도에 대한 현대화와 철로 증설 공사가 마무리되었다.

세지마의 말처럼 늘어나는 물동량을 모두 소화할 수 있는 여건을 갖추었다.

더구나 유럽에서 보내지는 물품보다도 블라디보스토크를 통해서 유럽으로 향하는 물동량이 월등한 상황이었다.

이러한 상황을 충분히 예측하면서 시베리아 횡단철도 현대화 계획을 진행했다.

"물론 이전보다도 더 많은 화물을 소화할 수 있게 되었습니다. 하지만 신의주특별행정구와 한국에서 보내는 화물들이 저희의 예상을 뛰어넘고 있습니다."

소콜로프의 말은 곧 남북한에서 생산되는 제품들이 러시아와 유럽으로 엄청나게 수출되고 있다는 소리로 들렸다.

그것은 곧 엔고로 고전하는 일본 제품들이 유럽에서 점유율이 떨어질 수 있다는 말이었다.

"물론 어려움이 따를 것으로 생각합니다. 하지만 저희 일본은 한국과 신의주특별행정구보다도 더 좋은 조건의 운임을 지급할 수 있습니다."

시베리아 횡단철도를 이용하고 있는 닉스부란과 닉스철도

차량은 3년마다 운임을 조정하기로 룩오일TRS와 계약했다.

두 회사는 시베리아 횡단철도의 지분을 소유하고 있었다.

"하하하! 흥미가 돋는 말씀을 하시는군요."

루슬란 비서실장은 세지마의 말에 크게 웃으며 말했다.

"큰 사업을 위해서는 작은 이익은 포기할 수도 있어야 한다고 저는 생각합니다."

세지마는 시베리아 횡단철도 이용에 있어서 최종적으로는 한국과 신의주특별행정구를 밀어낼 계획을 하고 있었다.

화물 운송이 시작되면 일본 제품들이 러시아와 동유럽에서 인기를 끌고 있는 한국 제품들을 충분히 대체할 수 있다고 생각했다.

"저희야 더 많은 이익을 낼 수 있다면 다양한 방법을 찾아볼 수 있습니다. 대신 한반도 종단 철도 이용에 대한 계약이 확실하게 뒤따라야만 지금 하신 말씀을 믿을 수 있겠습니다."

"앞에서 말씀드린 것처럼 계약은 곧 이루어질 것입니다."

"물론, 세지마 고문님의 말씀을 믿지 않는 것이 아닙니다. 화물 운송 계획을 세우기 위해서는 정확한 물동량에 대한 자료가 뒷받침되어야 합니다. 갑작스럽게 다른 곳에 배정된 화물열차를 계획에도 없는 화물을 위해서 뺄 수는 없기 때문입니다."

룩오일TRS의 장대 화물열차는 평균 80~140칸이 연결되어

운행되며, 100개 이상의 컨테이너를 실어 나르고 있었다.

한국은 평균 25칸의 화물열차가 운용되며, 일반적으로 35량 이상의 차량이 연결된, 길이 500m 이상의 화물열차를 장대화물열차라고 한다.

"하하! 당연한 말씀입니다. 시베리아 횡단철도 이용에 대해 계약을 진행할 때, 한반도 종단 철도 이용에 관한 계약서를 첨부하겠습니다."

세지마는 자신감 넘치는 말로 답했다.

"그렇다면 별다른 문제가 없을 것 같습니다. 큰 그림이 그려졌으니, 구체적인 상황은 실무진에게 맡기면 되겠습니다."

"하하하! 대국다운 결정을 해주셔서 감사합니다."

"하하하! 사업이란 좋은 조건을 제시하는 쪽으로 이끌리는 것이 아니겠습니까?"

"하하하! 그거야 물론이지요. 일본의 기업들이 룩오일NY와 좋은 관계를 맺을 수 있도록 제가 힘닿는 데까지 돕겠습니다. 룩오일NY가 일본을 위해 힘써주시면 더 많은 이익이 돌아갈 수 있게 될 것입니다. 제 뜻을 표도르 강 회장님께 꼭 전해주시길 바랍니다."

세지마는 러시아에서 막대한 영향력을 행사하는 룩오일NY를 통해서 2차 세계대전 때 잃어버린 북방 4개 섬을 되찾고 싶어 했다.

"알겠습니다. 회장님께 세지마 고문님의 말씀을 전해 드리겠습니다."

루슬란 비서실장의 말에 세지마는 만족스러운 표정을 지었다.

세지마가 계획한 대로 한반도를 거쳐 유라시아로의 향하는 발걸음이 차근차근 진행되고 있었다.

*　　　　*　　　　*

세지마 류조는 룩오일NY의 주선으로 러시아의 연방총리인 체르노미르딘을 만나 시베리아 개발과 시베리아 횡단철도 이용에 관한 협력 방안에 관해 의견을 나누었다.

세지마는 키리엔코 러시아 대통령과의 면담을 희망했지만, 대통령의 일정이 맞지 않아 이루어지지 않았다.

이 자리에서 세지마는 러시아에 대한 일본 민간 기업들의 투자를 더욱 증대할 수 있도록 노력하겠다고 답했다.

세지마는 일본경제단체연합회(경단련)의 고문도 맡고 있었다.

경단련은 1946년 정부의 경제 정책 및 그에 관련된 문제에 대해 조언해 주고, 회원 기업 간의 이견을 조정할 목적으로 설립됐다.

도쿄증권거래소 제1부 상장 기업을 중심으로 구성된 경단련 소속 기업들은 일본 유수의 대기업들이다.

세지마는 면담 내내 러시아의 지하자원 개발과 교통 인프라 개선 사업에 관심을 드러냈다.

이미 일본의 미쓰비시종합상사와 미쓰이물산, 그리고 스미토모 종합상사가 러시아에 진출해 자원 개발 사업에 투자하고 있었다.

"현재 인수 기업은 아지노모토와 섬코(SUMCO), 닛토전공, 신에츠화학공업으로 좁혀졌습니다. 회장님께서 결정하시면 곧바로 인수 작업에 들어갈 예정입니다."

인수·합병 실무팀에서 최종적으로 선정한 회사들이다.

아지노모토는 세계 반도체용 절연 필름 시장의 50% 이상을 점유하고 있었다.

신에츠화학공업과 섬코는 실리콘 웨이퍼를 생산하는 업체로 두 회사의 세계 점유율 60%를 차지하고 있으며, 블루오션 반도체가 사용하는 8인치 웨이퍼를 공급하고 있다.

신에츠화학공업은 염화비닐 같은 석유화학 중간제품도 생산한다.

닛토전공은 터치 패널용 필름을 생산하는 업체로 투명 필름 기판 위에 투명한 도전선 박막을 형성한 투명 도전 필름으로 제조한다.

휴대용 게임기나 터치 패널 채택 휴대폰, 휴대형 내비게이션 시스템에 사용이 늘어날 전망이다.

"생각 같아서는 네 회사 모두 인수하고 싶네요."

보고서에 적힌 네 회사 모두가 탐나는 기업이었다.

일본의 부품·소재 기업들은 장기 불황 속에서 동종 업종 간의 합병을 통해서 지금의 어려움을 이겨내려 하고 있었다.

기술력이 확고한 상태였기 때문에 불황을 이겨내면 독주 체제를 갖출 기업들이었다.

"하하하! 저도 회장님과 같은 마음입니다. 인수할 수 있는 준비는 항상 갖추어놓아야 할 것 같습니다."

"그래야지요. 제 결정만 남았다면 신에츠화학공업과 섬코를 인수하는 것이 좋겠습니다. 처음 계획처럼 반도체에 더욱 힘을 실어줄 회사로 가야 할 것 같습니다.

"알겠습니다. 일본 측에 전달하도록 하겠습니다."

"서두르는 것이 좋을 것 같습니다. 시간을 끌면 세지마가 눈치를 챌 수도 있으니까요."

"예, 곧바로 처리하겠습니다."

김동진 비서실장이 인사를 하고는 빠른 발걸음으로 회장실을 나섰다.

세지마의 대리인 마스다 노부유키와의 협상이 합의된 이후 닉스홀딩스의 발걸음이 더욱 빨라졌다.

*　　　　*　　　　*

닉스부란과 미쓰비시종합상사와의 경의선 이용에 대한 운송계약이 체결되었다.

닉스철도차량은 시설유지와 보수에 관한 계약을 체결했다.

일본에서 보내지는 화물은 미쓰비시종합상사를 통해서 닉스부란으로 인계된다.

시베리아 횡단철도 이용이 성사되면 닉스부란은 일본에서 보내지는 화물을 블라디보스토크까지 수송하고, 그곳에서부터는 러시아의 부란이 화물을 인계해 목적지로 향하게 된다.

일본의 경의선 이용에 대한 정치권에서의 반발은 예상대로 적었다.

몇몇 생각 있는 의원들이 한반도 종단 철도의 이익을 일본에 넘기는 것이라며 반발했지만, 다수의 의견에 묻히고 말았다.

주선일보을 비롯한 상당수 언론들은 한일 해저터널을 청사진을 내세우며, 유럽으로 직접 향하던 선박 물동량이 한국으로 돌려지는 결과로 이어져 해운사와 운송사들도 큰 이익이 된다고 떠들었다.

일본에 유리한 기사들을 쓰는 신문사들은 물류 수송을 통해서 얻어지는 이익에 초점을 맞추었다.

그러나 값싼 물류 수송을 통해서 일본 제품들의 가격경쟁력이 올라간다는 이야기는 쏙 빼놓았다.

일본 제품의 가격경쟁력 확보는 비슷한 제품을 생산하는 한국 제품들과 러시아와 유럽에서 더욱 경쟁이 치열해진다는 이야기였다.

“하하하! 축하합니다. 일본의 알짜배기 회사들을 인수하셨다고 들었습니다.”

“감사합니다. 대산그룹도 한일 해저터널의 주관사가 된다는 소식을 들었습니다.”

한국의 전경련과 일본의 경단련이 주최하는 한일 경제 포럼에 참석한 이대수 회장이 악수를 건네며 인사를 해왔다.

3년 만에 열린 한일 경제 포럼의 주제가 한일 해저터널이었다.

“하하하! 아직 한일 정부가 풀어야 할 문제들이 적잖게 남았습니다.”

내 말에 이대수 회장은 기분 좋게 웃었다.

일본보다 한일 해저터널에 대해 소극적이었던 정부는 한국 언론과 국민 여론에 떠밀리는 듯한 모습으로 협상에 임하고 있었다.

문제는 천문학적인 공사비의 조달이 가장 큰 문제였다.

IMF 관리 체제 아래에서 정부는 혹독한 구조 조정을 진행하고 있었기 때문이다.

"문제야 풀려고 있는 것이 아닙니까? 다들 한일 해저터널에 군침을 흘리는 것 같은데요."

실제로 건설 회사를 소유하고 있는 현대그룹과 삼성그룹, 그리고 대우그룹까지 일본의 미쓰비시종합상사와 접촉을 하고 있었다.

한일 해저터널은 90조 원 이상이 들어가는 단군 이래 최대 토목공사였기 때문이다.

"하하하! 대산 혼자서는 감당하기 힘든 공사입니다. 닉스홀딩스가 참여한다면 기꺼이 양보하겠습니다."

"고마운 말씀이시지만 반도체에 대한 투자가 많다 보니, 여유가 없습니다. 들어가는 자금이 예상보다 커서 걱정입니다."

반은 맞고 반은 틀린 이야기였다.

블루오션반도체는 12조 원에 달하는 막대한 투자를 진행하고 있었다.

신의주특별행정구와 경기도 화성에 반도체칩 생산성을 지금보다 2.5배까지 늘릴 수 있는 12인치 웨이퍼 가공 공장을 건설하고 있었다.

8인치 실리콘 웨이퍼로는 메모리 시장에서 주력으로 떠오르고 있는 256메가 D램을 200개 정도 만들 수 있었지만, 12인치 웨이퍼는 500개까지 생산할 수 있다.

현재 12인치 실리콘 웨이퍼 공장은 독일의 지멘스와 블루오션반도체가 유일하게 짓고 있었다.

여기에 인수가 결정된 신에츠화학공업과 섬코에서도 실리콘 웨이퍼를 생산하고 있었기 때문에 화성 공장이 완공되면, 전 세계 실리콘 웨이퍼 시장에서 블루오션반도체가 차지하는 비율이 80% 가까이 상승한다.

"하하! 강 회장께서 앓는 소리를 하는 것을 처음 보는 것 같습니다."

"막상 겪어보니까 쉬운 사업이 아니라는 것을 알겠습니다. 손해를 감수하고서라도 선제적인 투자를 하지 않으면 밀려나는 것이 반도체인 것 같습니다. 대만도 그렇고 일본도 정부와 민간 업체 합동으로 차세대 반도체 기반 기술 개발에 나서려고 하니까요."

일본은 21세기 정보·전자 산업 주도권을 확보하기 위해서 2천억 엔을 투자해 민관 합동 기술 개발 체제를 부활시켰다.

여기에는 NEC, 도시바, 후지쓰, 미쓰비시전기, 소니, 샤프, 산요전기, 히타치제작소, 오키전기공업 등 일본을 대표하는 전자 회사들이 모두 참여했다.

일본의 기술 개발 체제에는 블루오션반도체가 개발 중인 0.1미크론 이하 초미세 가공 설계도 포함되어 있었다.

"흠, 자금 투자가 만만치 않지요. 그래서 반도체는 웬만한 대기업도 감당할 수 없는 사업입니다."

"예, 돈 먹는 하마가 따로 없다는 것을 새삼 알게 되었습니다."

이대수 회장에게는 일부러 힘든 기색을 내보였다.

'그래서 큰 투자 없이 할 수 있는 것이 건설이지……'

"하하! 강 회장께서는 잘해내실 것입니다. 저기 미쓰비시의 사사키 회장이 오네요."

이대수 회장이 한일 경제 포럼에 참석한 이유도 사사키 회장을 만나기 위해서였다.

한일 경제 포럼 참석을 위해 한국을 방문한 미쓰비시종합상사의 사사키 회장은 다른 일정은 전혀 잡지 않았다.

사사키 회장은 안면이 있는 국내 기업들의 총수들과 인사를 나눈 후에 곧장 우리가 있는 자리로 걸어왔다.

"하하하! 그동안 잘 지내셨습니까?"

사사키 회장은 이대수 회장을 보자 반갑게 인사를 건넸다.

"하하하! 덕분에 아주 잘 지내고 있습니다."

환하게 웃는 이대수 회장은 유창한 일본어를 구사하며 사사키가 내민 손을 잡았다.

한일 해저터널을 통해서 대산그룹과 미쓰비시종합상사의 밀월 관계가 시작되고 있었다.

"하하하! 앞으로도 더 잘 지내실 것입니다. 옆에 계신 분은 혹시 닉스홀딩스의 강태수 회장님이 아니신지요?"

사사키 회장은 나를 아는 듯이 이대수 회장에게 물었다.

"처음 뵙겠습니다. 강태수라고 합니다."

"오! 일본어를 하실 줄 아시는군요?"

일본어로 사사키 회장에게 말을 건네자 놀란 표정으로 내게 다시 물었다.

"예, 의사소통할 정도는 됩니다."

"하하하! 잘되었습니다. 그렇지 않아도 강 회장님을 꼭 뵙고 싶었습니다."

사사키 회장은 밝은 표정으로 우리가 있는 테이블에 앉았다. 그가 앉을 자리가 따로 있었지만 사사키는 진행자에게 양해를 구하며 자리를 바꾸었다.

한일 경제 포럼에 참석한 국내 기업 총수들은 모두 사사키 회장과 이야기를 나누고 싶어 했다.

한일 해저터널의 일본 측 주관사 미쓰비시종합상사였기 때문에, 공사가 현실화되면 공사 참여와 함께 공사비를 대출할 수 있는 여건을 마련하기 위해서였다.

천문학적인 공사비가 들어가는 한일 해저터널 공사는 한국의 은행들도 쉽게 대출을 하기가 힘든 실정이었다.

한국 정부도 공사비 문제로 일본과 이견이 쉽사리 좁혀지지 않았다.

그러자 일본은 공사 비용을 일본 측에서 더 부담하는 안을 내세우면서 한일 해저터널에 대한 강한 의지를 내보이고 있었다.

“경의선 철도 이용을 허락해 주신 것에 대해서 진심으로 감사한 마음을 가지고 있습니다. 강 회장님께서 북한 당국을 어렵게 설득하셨다고 들었습니다.”

사사키 회장의 말처럼 북한은 일본 제품을 경의선을 통해서 블라디보스토크로 실어 나르는 것에 반대했다.

북한과 일본 간의 풀지 못한 여러 가지 문제들이 있는 상황에서 일본을 이롭게 하는 행위를 할 수 없다고 주장했었다.

신의주까지 연결된 경의선 철도 지분의 10%를 북한 당국이 소유하고 있었다.

“미쓰비시에서 추진하시는 한일 해저터널은 북한에도 이로운 일이 될 것 같아서 이해를 구했습니다. 사사키 회장님께서도 신에츠화학공업과 섬코 인수에 많은 도움을 주신 것으로 알고 있습니다."

천지회를 이끄는 세지마는 일본 정부에 힘을 쏟았고, 미쓰비시의 사사키 회장은 일본 재계를 설득했다.

일본 언론의 반대에도 신에츠화학공업과 섬코 인수에 성공할 수 있었던 이유도 두 사람의 힘이 컸다.

"하하하! 이심전심(以心傳心)이라고, 우리 두 사람의 마음이 통한 것 같습니다. 앞으로도 강 회장님과 많은 일을 함께하고 싶습니다."

사사키는 내 말에 만족스러운 웃음을 내보며 말했다.

"하하하! 강 회장께서 한일 양국의 발전과 협력을 위해서 물밑에서 많은 노력을 하시는 것 같습니다."

이대수 회장은 나와 사사키의 말에 고개를 끄떡이며 크게 웃었다.

일본의 한반도 종단 철도 이용이 성사되어야만 한일 해저터널이 구체화될 수 있기 때문이다.

"어찌 보면 강 회장님께서 선견지명(先見之明)으로 경의선 철도를 복원해 주셨기 때문에 한일 해저터널도 가능해진 것이 아닙니까?"

"하하하! 듣고 보니 정말 그렇습니다. 강 회장님은 노력 때문에 한일 양국이 더욱 가까워질 수 있게 되었습니다."

사사키의 말에 이대수 회장은 연신 웃음을 토해냈다,

한일 해저터널의 한국 측 주관사로 대산그룹이 거의 확정적으로 흘러가는 분위기 때문인지 평소보다 웃음이 많았다.

대산그룹은 현대건설에 팔았던 대산건설을 다시금 되사는 과정에서 팔았던 가격보다 387억 원을 더 주었다.

반년 만에 387억 원의 손해가 발생했지만, 한일 해저터널 공사에 비하면 껌값이었다.

"한일 해저터널이 완공되면 일본은 섬나라가 아니라 한반도와 연결된 반도국이라 불러야겠습니다."

"하하하! 명언이십니다. 말씀처럼 한일 해저터널을 통해서 일본과 한국이 하나가 되는 것이지요. 이제는 과거를 버리고 한일 양국이 미래를 향해 나갈 일만 남았습니다. 강 회장님과 이대수 회장님처럼 의식 있는 기업인들이 한국에 있다는 것만으로도 가슴이 벅차오릅니다."

사사키 회장은 내 말에 큰 소리로 웃으며 만족스러워했다.

사사키의 웃음이 커진 것은 한국에서 최고 기업으로 올라선 닉스홀딩스의 강태수 회장이 친일 성향의 기업인이라는 것을 확인하는 자리였기 때문이다.

Chapter 8

신에츠화학공업과 섬코 인수에 닉스홀딩스는 보유하고 있는 자금을 단 한 푼도 쓰지 않았다.

6천2백억(6조 2천억) 엔이 들어간 인수 자금 모두 도쿄미쓰비시은행과 일본은행에서 경의선 철도 이용에 따른 이용 금액과 1% 미만의 장기 저금리로 대출을 통해서 조달했다.

1% 미만의 금리는 지금 시기에는 소빈뱅크에서도 어려운 대출 조건이었다.

한마디로 손 안 대고 코 푼 격이었다.

"신에츠화학공업과 섬코의 인수 처리가 모두 끝이 났습니다."

두 회사 인수를 진두지휘했던 김동진 비서실장의 말이었다. 이번 인수 작업은 빠른 의사 결정을 위해 그룹 비서실에서 주도했다.

"이제 닉스신에츠화학과 닉스섬코로 바뀌겠네요?"

"예, 내일부터 회사 이름과 심볼도 닉스홀딩스의 것으로 사용하게 됩니다."

"후후! 정말이지 생각지도 못한 회사를 인수했습니다."

"예, 정말 하나님이 도와주는 것이 아닌가 하는 생각이 들 정도입니다. 공사가 진행되고 있는 신의주 공장과 화성 공장이 완공되면 전 세계 실리콘 웨이퍼 시장의 80% 이상을 블루오션반도체가 점유하게 될 것입니다."

블루오션반도체 총괄대표인 이영석 대표의 말이었다.

닉스신에츠화학과 닉스섬코는 블루오션반도체 산하에 두기로 했다.

"일본의 결정이 쉽지 않았을 것입니다. 전 세계 실리콘 웨이퍼 시장의 60%를 장악하는 두 회사를 넘겨주었으니까요."

더 큰 것을 위한 결정이었다고는 하지만 이 결정으로 인해서 블루오션반도체의 기반은 더욱 확고하게 되었다.

"메모리 반도체의 가격 상승이 꺾이고, 저희가 실리콘 웨이퍼에 대한 투자에 들어간 것도 회사를 매각하는 데 영향을 주었을 것입니다."

이영석 총괄대표의 말처럼 메모리 반도체 시장의 주력인 64메가 D램이 2월부터 현물시장에서 5달러 아래로 곤두박질치자 일본과 대만 업체들의 타격이 작지 않았다.

"반도체 분야는 마치 준비된 것처럼 일이 척척 풀리는 것 같습니다. 이제 메모리와 통신용 칩 분야는 블루오션반도체를 따라올 기업이 없습니다."

김동진 비서실장이 환한 표정으로 말했다.

"이제 서서히 비메모리 반도체 분야에 대한 투자를 집중해야 할 시기입니다. M&A 시장에 나오는 비메모리 업체들은 절대 놓치면 안 됩니다."

"예, 일본 덕분에 블루오션반도체의 여유 자금은 충분합니다."

블루오션반도체의 9조 5천억 원에 달하는 현금을 보유하고 있었다.

더구나 닉스홀딩스와 소빈서울뱅크를 통해서 언제든지 10조 원의 자금을 조달할 수 있었다.

"고급 인력 충원에도 돈을 아끼지 마시고 투자하십시오. 경쟁사보다 몇 단계 앞선 기술을 갖춰야만 반도체 시장을 우리가 장악할 수 있습니다."

"예, 올해부터 블루오션과 블루오션반도체 협동으로 블루오션종합기술대학을 본격적으로 운영되고 있습니다. 여기에 북미와 유럽은 물론 러시아, 인도, 이스라엘까지, 첨단 기술 교육에 앞서 있는 대학들에 인력 스카우터들을 보내 우수한 인재들을 받아들이고 있습니다."

"잘하고 계십니다. 몇 년 안에 블루오션반도체는 인텔을 넘어설 것입니다. 그렇게 되기 위해서는 그 누구도 하지 못했던 반도체 장비와 부품 소재까지 수직 계열화를 이루어야 합니다."

블루오션반도체가 걸어가는 길은 다른 반도체 회사와 상당히 달랐다.

연구 개발을 통해 단일 품목에만 매달리는 것과는 달리 반도체 그룹을 만드는 것처럼 반도체 장비뿐만 아니라 반도체 부품·소재까지 영역을 확대했다.

이러한 바탕을 통해서 원감 절감은 물론 다른 경쟁사보다 월등한 가격경쟁력까지 갖추어가고 있었다.

* * *

천지회를 이끄는 세지마 류조는 조급해졌다.

러시아의 룩오일NY가 시베리아 횡단철도 이용에 대한 계약을 별다른 이유 없이 차일피일 미루고 있었기 때문이다.

세지마가 러시아를 방문했을 때까지는 내일 당장에라도 계약이 이루어질 것 같은 분위기였다.

한국의 닉스홀딩스와 상당히 불리한 조건을 감수하면서까지 한반도 종단 철도 이용에 대한 계약을 체결한 상황이었기 때문에 더욱 초조할 수밖에 없었다.

시베리아 횡단철도를 이용할 수 없는 상황에서는 한일 해저터널도 무의미했다.

"도대체 이유가 뭐야?"

"결정권자인 표도르 강 회장이 회사에 나오지 않고 있어서 계약할 수 없다고 전해왔습니다."

세지마의 말에 연락을 담당하고 있는 마스다 노부유키가 답했다.

탁!

"그게 말이 되는 소리야? 회사에 나오지 않으면 표도르 강이 있는 곳에서 결정하면 되잖아."

"예, 그렇게 말을 전달했는데도 아무런 답변이 없습니다."

"끙! 옛날이나 지금이나 러시아 놈들은 믿을 수가 없어."

세지마는 2차 세계대전 때 만주에서 소련군과의 치열한 전투를 경험했다. 그리고 전쟁이 끝날 무렵 소련군의 포로가 되어 시베리아 수용소에서 수감 생활을 했다.

그 때문인지 러시아에 대한 적개심을 가지고 있었다.

"룩오일TSR에는 연락을 해봤나?"

"예, 소콜로프 대표도 표도르 강의 허락이 있어야 움직일 수 있다는 말뿐이었습니다."

쾅!

"칙쇼! 놈이 우릴 가지고 놀고 있잖아!"

탁자를 강하게 친 세지마는 불같은 화를 쏟아내며 의자에서 일어났다.

"러시아 놈들이 바라는 것이 있는 것 같습니다. 그렇지 않고서는 이런 식으로 나올 수가 없습니다."

마스다는 세지마의 화를 누그러뜨리려고 노력했다.

혈압이 높은 세지마에게 화와 스트레스는 가장 피해야 할 적이었다.

일본을 위해서도 세지마는 건강해야만 했기 때문이다.

"후— 우! 놈들이 너무 쉽게 나온다는 것을 간과했어……."

세지마는 아쉬운 표정을 지으며 깊은 한숨을 내쉬었다.

한국에서의 일이 너무 잘 풀려 잠시 긴장의 끈을 놓았던 것이 이런 문제로 야기될지 몰랐다.

"해답은 표도르 강이 쥐고 있습니다. 어떻게든 그를 만나서 일을 성사시켜야 합니다."

"지금 고무라가 러시아를 방문 중이지 않나?

"예, 키리엔코 대통령의 방일을 협의하기 위해 방문 중입니다."

고무라 마사히코는 일본의 외무장관이었다.

일본은 러시아 대통령인 키리엔코의 방일을 적극적으로 추진하고 있었다.

키리엔코 대통령의 방일을 통해서 북방 4개 섬의 반환에 대한 이야기를 다시금 수면 위로 올라서게 하려는 목적으로 고무라 외무장관을 러시아에 파견했다.

"고무라에게 어떻게든 표도르 강을 만날 수 있도록 러시아 정부가 나서달라고 전해. 러시아가 요청했던 30억 달러의 차관을 적극적으로 검토하겠다는 조건으로 말이야."

외화 부족에 시달렸던 러시아 정부는 올해 초 30억 달러의 차관을 일본에 요청했다.

하지만 일본 정부는 키리엔코 대통령의 방일과 차관을 연계시키려고 했다.

"차관 제공은 키리엔코 대통령의 방일 카드로 써야 하지 않겠습니까?"

"30억 달러 때문에 시베리아 횡단철도를 놓친다면 누가 책임질 거야. 지금까지 들어간 자금이 얼마나 되는지 잘 알고 있잖아?"

"무슨 말씀인지 알겠습니다."

"수단과 방법을 가리지 말고 표도르 강을 만날 수 있는 방도를 찾으라고 전해."

"예, 바로 전하겠습니다."

마스다는 머리를 숙인 후에 세지마의 방을 나왔다.

"흠, 면밀히 살폈건만 무엇이 잘못된 것이지……."

세지마는 뒷짐을 지며 방 뒤편에 있는 정원을 바라다보았다.

세지마는 한국보다 러시아가 다루기 수월하다고 생각했다. 어렵게 생각되었던 한국에서의 일은 예상했던 것보다 빠르게 성사되었다.

하지만 지금 러시아가 발목을 잡으려는 모습이었다.

* * *

본국에서 연락을 받은 고무라 외무장관은 곤욕스러웠다.

러시아 방문 목적인 키리엔코 대통령의 방일과 함께 룩오일NY의 표도르 강 회장과 어떻게든 면담을 성사시키라는 지시가 내려온 것이다.

일본 총리의 말이라면 한 번쯤은 무시할 수 있었지만, 세지마의 말은 그럴 수 없었다.

30억 달러의 차관 제공까지 고려하라는 말에 고무라의 고심이 깊었다.

"후! 키리옌코 대통령보다 만나기 힘들다는 표도르 강 회장을 어떻게 만나라는 것인지."

고무라 외무장관은 절로 한숨이 나왔다.

"표도르 강 회장의 소재를 파악 중에는 있습니다만, 저도 러시아에서 와서 단 한 번도 만나본 적이 없습니다."

주러 일본 대사인 마쓰우라의 말이었다.

작년에 부임한 마쓰우라 대사는 룩오일NY의 표도르 강 회장을 만나기 위해 노력했지만 성사되지 못했다.

러시아에서 가장 강력한 영향력을 행사하는 표도르 강 회장과 접촉점을 만들려는 각국의 대사와 주요 인사들이

끊임없이 룩오일NY 본사인 스베르타운을 방문했다.

"룩오일NY에는 연락을 해봤습니까?"

"예, 꼭 만나고 싶다는 연락은 해두었습니다. 문제는 저희처럼 표도르 강 회장을 만나려고 하는 사람들이 너무 많다는 것입니다."

"후! 방법이 없겠습니까?"

"저도 러시아에 온 이후로 어떻게든 관계를 맺어보려고 노력했지만 만날 수가 없었습니다."

한숨을 내쉬는 고무라 외무장관의 말에 마쓰우라는 힘없는 목소리로 답했다.

"러시아에서 잘 통하는 방법을 쓰면 어떻겠습니까?"

고무라는 뇌물을 이야기했다.

"룩오일NY는 뇌물이 통하지 않습니다. 뇌물과 연관된 자들은 회사를 그만두는 것뿐만 아니라, 코사크에 의해서 곧바로 감옥에 수감됩니다. 이곳에서는 코사크가 곧 법입니다."

"코사크가 룩오일NY 계열사이지요?"

고무라 외무장관도 코사크에 대한 이야기를 들어 알고 있었다.

코사크는 북미와 유럽 진출에 이어 본격적으로 동아시아에 진출하려고 준비 중이었다.

소빈뱅크가 진출한 나라마다 코사크가 은행 경비를 맡고 있었다.

"예, 코사크 덕분에 러시아 마피아가 전혀 힘을 쓰지 못하고 있습니다. 저희도 대사관저의 경비와 직원들의 안전을 코사크에 맡기고 있습니다. 코사크는 경찰과 동일하게 수사권과 체포권을……."

모스크바에 있는 각국의 대사관들 모두가 코사크에 별도로 경비를 의뢰했다.

"흠, 그래서 표도르 강 회장이 러시아를 움직인다는 소리를 듣는 것이겠군요."

"예, 러시아의 정치인들도 표도르 강 회장을 무서워하는 이유 중에 하나가 코사크 때문입니다. 한때 키리옌코를 대통령으로 만든 것도 표도르 강 회장이라는 소문이 돌았던 적이 있습니다."

"후! 정말 난감합니다. 시베리아 횡단철도 이용을 성사시키기 위해서는 표도르 강 회장을 꼭 만나야 한다고 하니."

안경을 벗은 고무라 외무장관은 머리가 아픈지 양쪽 관자놀이를 눌렀다.

"한 가지 시도해 보지 않은 것이 있습니다."

"그게 뭡니까?"

마쓰우라 대사의 말에 고무라 외무장관이 반색하며 물었다.

"올해 초 이동원 한국 대사와 술자리를 가진 적이 있었습니다. 그때 이동원 대사가 술김에 한 소리인지는 모르겠지만, 표도르 강 회장을 만날 수 있다고 했습니다."

"그게 사실입니까?"

"이야기한 것은 사실입니다. 하지만 그 말이 사실인지는 모르겠습니다."

마쓰우라 대사는 이동원 대사의 말을 그냥 흘려보냈다. 그냥 자신을 내세우기 위해 술자리에서 할 수 있는 말로 치부했다.

"흠, 지금은 그걸 따질 때가 아닌 것 같습니다. 이동원 대사와 접촉해 보십시오. 그가 원하는 것이 있으면 모두 들어주십시오."

"예, 만나보도록 하겠습니다."

"이번 일이 잘 풀리면 마쓰우라 대사께서 영국이나 미국으로 나가실 수 있도록 힘써 드리겠습니다."

미국과 영국은 일본 외교관이 가장 선호하는 나라였다.

"예, 최선을 다하겠습니다."

고무라 외무장관의 말에 마쓰우라 대사의 표정이 환하게 바뀌었다.

* * *

주러시아 대사인 이동원은 마쓰우라 일본 대사에게 연락을 받은 후 크렘린궁전과 붉은광장을 한눈에 내려다볼 수 있는 닉스살루트호텔로 향했다.

러시아 최고의 호텔인 닉스살루트호텔은 6성급 호텔로서 그 화려함과 고급스러움이 유럽에서도 손꼽혔다.

최고의 전망을 갖춘 고급 카지노까지 갖춰졌기 때문에 러시아를 방문하는 관광객들이 꼭 들러보고 싶어 하는 명물로 떠올랐다.

닉스살루트호텔에 도착한 이동원은 최고급 레스토랑이 있는 27층으로 향했다.

이동원의 목적지인 라이레스토랑은 러시아, 프랑스, 이탈리아, 동양 요리를 전문적으로 다루는 세계 최고 실력의 셰프들이 최상의 맛을 선보이고 있었다.

라이는 러시아어로 천국이란 뜻으로 천상의 맛을 선보이겠다는 의미도 있다.

27층 전 층이 레스토랑이었고, 28층은 루프탑 수영장과 최고급 바가 자리 잡고 있었다.

이동원 대사가 레스토랑 입구에서 예약자 이름을 말하자 아름다운 금발의 여직원이 예약석으로 안내해 주었다.

라이레스토랑은 보통 2~3주의 예약이 밀려 있어 당일에는 쉽게 식사를 할 수 없었다.

"하하하! 잘 지내고 계셨습니까?"

약속한 장소에는 일본 대사인 마쓰우라가 기다리고 있었다.

마쓰우라가 앉아 있는 창가 자리는 가장 인기 있는 자리로, 크렘린궁전이 한눈에 들어왔다.

창가 자리는 다른 테이블보다 30% 이상 가격이 높았다.

"하하하! 어서 오십시오. 바쁘신데 시간을 내주셔서 정말 감사드립니다.”

이동원 대사가 내민 손을 마쓰우라는 정중하게 잡으며 말했다.

두 사람은 영어로 대화를 나누었다.

“하하하! 별말씀을요. 이런 멋진 곳에서 보자고 하시니, 제가 감사할 따름입니다.”

이동원 대사는 자리에 앉으며 말했다.

한 끼 식사에 한 사람당 평균 3백 달러 이상이 들어가는 라이레스토랑은 일반인은 쉽게 올 수 있는 곳이 아니었다.

마쓰우라가 예약한 자리는 4백 달러 이상을 내야 한다.

“하하! 이 대사님과 맛있는 저녁을 먹고 싶었습니다.”

“하하하! 단지 식사만 하기 위해서 이런 비싼 자리를 예약하지 않으신 것 같은데요?”

‘생긴 거와는 달리 눈치 하나는 빠른 놈이야.’

이동원 대사는 살이 통통하게 오른 새끼 돼지 같은 체형을 가지고 있었다.

“하하하! 이 대사님 앞에서는 숨길 수가 없습니다. 이 대사님께 정중히 부탁드릴 일도 있습니다.”

“마쓰우라 대사께서 제게 부탁할 일이 뭐가 있을까요?”

이동원의 작은 두 눈에는 궁금함이 가득했다.

자존심 강한 마쓰우라가 먼저 전화를 한 것은 처음 있는 일이었기 때문이다.

"우선 천천히 식사하시면서 이야기를 나누시지요. 이 대사님께서 프랑스 와인을 좋아하신다고 해서 샤토 라피트 로칠드 1994년산을 준비했습니다."

마쓰우라 대사가 손을 들자마자 라이레스토랑 종업원이 와인 한 병을 들고 왔다.

"샤또 라피트 로칠드(Chateau Lafite—Rothschild) 보르도 그랑크뤼 클라세 1등급입니다."

종업원은 간단한 설명과 함께 와인을 개봉했다.

테이블에 올려진 와인은 한 병에 5천 달러짜리 와인이었다.

식사 가격보다 더 비싼 와인이었다.

"하하하! 여기서 보르도 그랑크뤼 클라세 1등급 와인을 맛보게 될 줄은 정말 몰랐습니다. 이런 좋은 선물을 받아도 되는지 모르겠습니다."

와인을 보자마자 이동원의 입에서는 흡족한 웃음이 터져나왔다.

그의 월급으로 도저히 맛볼 수 없는 와인이자, 프랑스를 대표하는 보르도 왼쪽 지방의 그랑크뤼 클라세 1등급 와인이었다.

라피트 로칠드와 함께 마고, 라뚜르, 오 브리옹, 무똥 로칠드가 1등급 와인이었다.

"하하! 만족하신다니까, 준비한 제가 다 기쁩니다."

"만족스러운 정도가 아닙니다. 무슨 부탁인지는 모르겠지만, 제가 할 수 있는 일이라면 힘닿는 데까지 돕겠습니다."

이동원 대사는 종업원이 따라주는 와인을 바라보며 말했다.

라피트 로칠드는 잔잔한 보디감과 절제된 균형미로 인해 와인의 귀족으로 평가받는 와인이었다.

"하하하! 감사합니다. 그리고 이건 제가 따로 준비한 선물입니다."

마쓰우라 대사는 고급스럽게 포장된 선물 상자를 이동원 대사에게 건넸다.

"이건 또 무엇입니까?"

선물 박스를 받아 든 이동원 대사가 동그랗게 커진 눈을 보이며 물었다.

"로마네 꽁띠(Romanee Conti) 1997년산입니다."

로마네 꽁띠는 프랑스 부르고뉴를 대표하는 최고가 와인으로, 전 세계에서 가장 비싼 와인이다.

한 병에 적어도 2만 달러를 주어야 구할 수 있었다.

"허! 이걸 받아도 되는지 모르겠습니다."

놀란 입을 닫지도 못한 이동원 대사는 자신이 들고 있는 선물 상자와 마쓰우라 대사를 번갈아 쳐다보았다.

로마네 꽁띠는 독보적인 맛과 향의 희소성으로 인해 와인 마니아들에게 절대적인 지지를 받고 있었다.

"하하하! 괜찮습니다. 원래 고급 와인은 주인을 잘 만나야 그 값어치를 하는 것입니다. 저 같은 사람은 그 가치를 제대로 평가하지 못하니까요."

마쓰우라는 선물 공세에 어쩔 줄을 몰라 하는 이동원 대사를 보며 말했다.

이동원의 얼굴 표정에는 받아 든 와인을 꼭 가져야겠다는 욕망이 꿈틀대고 있었다.

"하하! 저도 아직은 이 정도의 와인을 접해보지 못했습니다. 오늘 제가 정말 계를 탄 날인 것 같습니다. 정말 감사드립니다."

이동원이 말이 끝날 때쯤 최고급 와인에 어울리는 요리들이 하나둘 테이블에 올려지기 시작했다.

"정말이지 요리도 끝내주지만, 말로만 듣던 라피트 로칠드의 뛰어난 균형미는 이루 말할 수가 없습니다."

입안에 머금고 와인을 음미하는 이동원의 표정은 모든 걸 다 가진 모습이었다.

"저도 와인에 대해서는 초보이지만 복합적이고 중후한 보디감이 이런 식으로 다가올 줄은 몰랐습니다."

마쓰우라 대사도 만나는 상대들이 상대인 만큼 와인을 적잖게 접했다.

“하하하! 마쓰우라 대사님 덕분에 제 시야가 한층 넓어졌습니다. 라피트 로칠드가 이 정도로 뛰어난 맛인데, 로마네 꽁띠는 말할 필요도 없겠습니다. 제가 뭘 하면 되겠습니까?”

은근히 술기운이 올라온 이동원 대사가 입을 열었다.

“부담되지 않으시다면 룩오일NY의 표도르 강 회장과의 만남을 주선해 주시길 정중히 부탁합니다.”

마쓰우라 대사는 고개를 살짝 숙이며 말했다.

“표도르 강 회장을 말입니까?”

“예, 일전에 가졌던 술자리에서 이 대사님께서는 언제든지 표도르 강 회장과 만날 수 있으시다고 하셨던 거로 들었습니다.”

‘이런! 입이 방정이었군. 술김에 던진 말이었는데… 이런 대접을 받고서 모른 척하면 마쓰우라가 날 다시는 보지 않을 테지.’

이동원 대사는 다음 행선지로 일본을 염두에 두고 있었다.

그 때문에 일본 외교부에 적잖은 영향력을 가진 마쓰우라 대사와 친분을 가지려고 노력했었다.

“흠, 제가 그리 말을 했지만 쉬운 일은 아닙니다.”

“물론, 잘 알고 있습니다. 표도르 강 회장을 만나는 것보다 키리옌코 대통령을 만나기가 더 쉽다는 말이 모스크바 외교가에 공공연한 비밀이지 않습니까. 만남이 성사된다면 이 대사님의 은혜는 절대 잊지 않을 것입니다."

외교가뿐만 아니라 기업가들 사이에서도 룩오일NY의 표도르 강 회장과 친분 관계를 맺었다는 것은 러시아에서 성공을 보장받는 일로 받아들였다.

"흠, 오늘 받은 대접과 선물 때문은 아닙니다. 마쓰우라 대사님과의 우정이 저에게는 더 소중하기 때문입니다."

"물론입니다. 저 또한 이 대사님과의 우정을 평생 가져갈 것입니다."

마쓰우라는 다시금 고개를 숙이며 말했다.

"그럼, 솔직하게 말씀드리겠습니다. 표도르 강 회장이 러시아에 머무르고 있다면 만날 수 있습니다. 하지만 러시아 밖이라면 저도 힘든 일입니다."

"감사합니다. 확률이 50%만 있다고 해도 저는 만족합니다. 자, 한 잔 받으십시오. 오늘은 라피트 로칠드로 마음껏 취하시면 되십니다."

"하하하! 로칠드로 취한다니, 이런 날도 있군요."

마쓰우라의 말에 이동원 대사는 큰 소리로 웃으며 와인 잔을 들었다.

Chapter 9

모스크바에 설립된 소빈금융대학은 소빈뱅크가 모든 자본을 들여 설립한 대학이다.

한 해 2백 명 미만의 학생을 받아들이는 소빈금융대학은 4년간의 수업료가 모두 무료다.

하지만 입학한 2백 명의 학생들 중 졸업이 가능한 학생은 1백 명 미만일 정도로 어려운 시험 과정을 거쳐야 한다.

졸업시험을 통과한 학생들은 소빈뱅크에 입사가 허락되는 특전이 주어진다.

이와 함께 성적이 탁월한 학생 중 일부는 소빈금융대학원에 들어갈 수 있는 조건도 부여된다.

소빈금융대학원을 졸업한 사람은 소빈뱅크에서 자신이 원하는 부서에서 근무할 수 있었다.

이와 함께 미래의 소빈뱅크를 이끌어가는 인물로서 다양한 경험과 교육을 받을 수 있게끔 전폭적인 지원이 이루어진다.

"올해는 러시아뿐만 아니라 동유럽의 우수한 재원들이 5천 명 가까이 지원했습니다. 그중에서 190명을 선별해 교육을 진행하고 있습니다."

소빈금융대학교를 맡고 있는 플라톤 총장의 말이었다.

5천 명의 지원자들 모두 중·고등학교 시절 최상위 성적을 낸 학생들이었다.

소빈금융대학은 15세부터 지원할 수 있었다.

"우수한 학생들의 입학도 중요하지만, 이런 인재를 어떻게 양성할 것인가가 더 중요합니다. 획일화되고 흐름에 뒤처진 교육은 이들을 망쳐놓을 수 있습니다."

"예, 가르치는 교수진들도 세계 경제 흐름을 놓치지 않도록 정기적인 논문 발표는 물론 해외 연수와 경제 세미나에 빠지지 않도록 하고 있습니다."

소빈금융대학의 교수진들은 163명에 달하며, 이들은 경제, 경영, 통계, 철학, 수리, 미술, 역사학을 가르친다.

모든 교육에는 영어를 사용하며 교수들은 학생들의 평가에 따라서 강의를 하지 못하는 경우도 발생한다.

교수들에게는 유럽 대학 중 최고의 대우를 해주며, 개인 연구실은 물론 집과 자동차까지 제공한다.

"당연히 그래야 합니다. 소빈뱅크가 막대한 자금을 소빈금융대학에 투자하고 있다는 것을 알아주셔야 합니다. 소빈뱅크의 미래는 소빈금융대학에 있으니까요."

"막중한 책임감을 느끼고 있습니다. 소빈뱅크가 곧 러시아의 미래라는 것을 누구보다도 잘 알고 있으니까요."

플라톤 총장은 러시아를 누구보다 사랑했고, 소빈뱅크가 세계를 향해 어떤 일들을 진행하고 있는지도 잘 알고 있었다.

러시아의 낙후된 금융 시스템이 소빈뱅크를 통해서 얼마나 달라졌는지도 말이다.

"이쪽으로 가시지요. 새롭게 완공된 체육 센터가 이번 주에 문을 열었습니다."

실내 수영장과 실내 농구장, 그리고 배구장을 갖춘 체육 센터였다.

이미 실내 수영장과 체력 단련실을 갖춘 체육 센터가 운영되고 있었다.

30만 평의 넓은 부지 위에 세워진 소빈금융대학에 다니는 학생들은 대학원생까지 830명을 넘지 않았다.

교수당 다섯 명의 학생을 지도하는 꼴이었다.

여기에 소빈금융대학에 근무하며 학생과 교수들을 지원하는 직원들도 2백 명에 달했다.

소빈금융대학의 방문이 끝나갈 무렵 비상 연락망을 통해서 주러 한국 대사관에서 연락이 왔다.

룩오일NY는 남북한 대사관과 비상시 연락을 주고받을 수 있는 핫라인을 개설해 두었다.

긴급한 상황이 발생하면 남북한의 대사를 아무 조건 없이 만나기 위한 연락 체계였다.

이 비상 연락은 특별한 상황이나 위기 상황이 아니면 가동되지 않는다.

남북한을 위해 특별히 배려한 조치였다.

*　　　*　　　*

"한국 대사관에 문제가 있나?"

룩오일NY 본사가 있는 스베르타운으로 돌아오는 차 안에서 루슬란 비서실장에게 물었다.

"특별한 상황은 없었습니다. 어젯밤 한국의 이동원 대사가 일본의 마쓰우라 대사를 닉스살루트호텔에서 만났습니다."

"마쓰우라 대사를 만났다. 평소 관계가 깊지 않은 거로 아는데?"

"맞습니다. 평상시 연락을 주고받는 사이는 아닙니다. 이동원 대사와 마쓰우라 대사가 라이레스토랑에서 식사 비용으로 2천 달러를 사용했다고 합니다."

코사크 정보센터는 평상시 모스크바에 머무는 주요 인물들의 동선을 파악했다.

특히나 한국과 일본 대사는 코사크 정보센터 감시 대상이었다.

"식사 비용은 누가 냈지?"

"마쓰우라 대사가 지불했습니다. 그리고 이동원 대사에게 선물까지 주었다고 합니다."

"흠, 마쓰우라가 선물과 식사 비용으로 2천 달러를 썼다. 깊은 관계가 아닌 사람에게 고가의 식사를 대접했다는 말인데."

"긴급 연락망으로 직접 전화한 인물이 이동원 대사였습니다."

긴급 연락처를 알고 있는 사람은 이동원 한국 대사와 박정빈 공사뿐이었다.

"음, 뭔가 냄새가 나는데."

"마쓰우라 대사가 이동원 대사에게 로비를 한 것 같습니다."

루슬란 비서실장은 단정적으로 말했다.

"그렇다면 이동원 대사가 나와 만날 수 있는 루트를 공개했다는 말인데……."

일본이 나를 만나기 위해서 백방으로 노력한다는 것을 알고 있었다.

"이동원 대사는 술을 무척 좋아한다고 합니다. 마쓰우라 대사와 식사 자리에서도 상당한 와인을 마셨고, 발설하지 말아야 할 외교 비밀들도 숨김없이 마쓰우라 대사에게 전달했다고 합니다."

이동원 대사와 마쓰우라 대사를 서빙했던 종업원은 코사크 정보센터 직원이었다.

"국가 중대사와 연관된 이야기를 술자리에서 아무렇지 않게 발설하는 인물이 러시아의 대사로 왔다는 건가?"

"평상시는 별다른 문제점이 없지만, 술로 인한 실수가 몇 번 있었던 것 같습니다. 한국에 있을 때도 음주운전으로 적발된 적이 있었습니다."

"한국은 술에 대해서 무척 관대하지. 하지만 술로 인해서 발생하는 문제점이 얼마나 크다는 것을 잘 인지하지 못해."

"이동원 대사를 만나실 것입니까?"

"우리가 정해놓은 룰에 따라서 전화를 했으니, 만나기는 해야겠지. 하지만 이동원은 날 알지 못할 테니까, 대행을 내보내고 반응을 살펴보도록 하는 것이 좋겠어."

"예, 그렇게 하는 것이 좋을 것 같습니다. 여러 정황상은 이동원 대사가 일본 측 인사를 대동할 가능성이 커 보입니다."

"만약 국가의 이익이 아닌 개인의 욕심에 의해서 비상 연락망을 가동했다면 그만한 대가를 치르도록 해야지."

루슬란 비서실장의 말대로 될 가능성이 가장 컸다.

러시아에서 최대한 한국의 이익을 지켜주기 위해 만들어놓은 비상 연락망을 사적인 일로 사용했다면 용서하지 않을 생각이다.

* * *

러시아는 외부에서 보는 것과 달리 활기가 넘쳐났다.

아시아의 외환 위기에 이어서 터진 러시아의 모라토리엄 선언은 세계 경제에 큰 충격과 타격을 주었다.

이로 인해 러시아 국채에 투자했던 유럽과 미국, 그리고 일본의 투자 기관과 금융기관들이 상당한 피해를 보았다.

러시아도 대외 신인도의 하락으로 국채 발행이 힘들어지고 외채를 빌려 올 수 없는 상황에 놓였다.

하지만 그 기간은 잠깐일 뿐이었다.

룩오일NY와 소빈뱅크, 그리고 러시아로 진출한 도시락과 도시락마트를 통해서 요동치던 환율이 안정되고, 물가 또한 안정되었다.

경제적 어려움이 닥치면 당연하듯이 천정부지처럼 치솟던 물가가 거짓말처럼 빠르게 안정된 것이다.

이전 러시아에서 볼 수 없었던 물류 시스템을 구축한 부란도 큰 역할을 했다.

한마디로 러시아의 룩오일NY와 한국의 닉스홀딩스가 모든 상황을 바꿔놓은 것이다.

이러한 환경을 만든 룩오일NY와 도시락은 러시아 국민의 절대적인 지지를 받고 있었다.

러시아의 정치인들도 할 수 없는 일들을 해내는 룩오일NY의 힘은 더욱 커질 수밖에 없었다.

"가방을 위에 올려놓아 주십시오."

기관총을 든 경비원의 말에 이동원 대사는 물품 검사대에 가죽 가방을 올려놓았다.

공항에서 보던 X-ray 스캐너가 설치된 입구에는 열 명의 자동화기로 무장한 경비원과 검색을 담당하는 네 명의 직원이 있었다.

"팔을 위로 올리십시오."

위축될 정도로 철저하게 몸수색을 했다.

공항에서보다도 더 심한 것은 물론이고, 크렘린궁을 방문하여 주러 대사 신임장 임명식을 할 때도 이 정도는 아니었다.

경비원들은 이동원이 한국 대사 신분임을 전혀 개의치 않는 모습이었다.

스베르타운 입구에서 한 번, 룩오일NY 본사 건물 입구에서 다시 한번 몸수색을 당했다.

이동원 대사와 동행한 일본의 고무라 외무장관과 마쓰우라 대사도 마찬가지였다.

"출입증을 꼭 착용하십시오."

"알겠습니다."

이동원 대사는 직원의 말에 고개를 끄떡이며 출입증을 가슴에 달았다.

어딜 가든 대사라는 위치 때문에 대접을 받고 권위를 인정받았지만, 룩오일NY에서는 아니었다.

"룩오일NY을 방문하신 것을 환영합니다. 안내를 받은 나타샤라고 합니다. 이쪽으로 가시면 됩니다."

출입 절차가 끝나자 이동원을 기다린 것은 금발의 아름다운 여자 직원이었다.

나타샤라고 자신을 소개한 여직원은 모델을 해도 될 정도의 미모였다.

"보안이 보통 철저한 게 아니군요."

고무라 외무장관이 고개를 절레절레 흔들며 말했다.

“저도 말로만 들었는데, 이 정도인지는 몰랐습니다.”

이동원 대사도 동감한다는 표정으로 답했다.

“그래도 이 대사님 덕분에 표도르 강 회장을 만날 수 있어서 다행입니다.”

“하하하! 별말씀을 다 하십니다. 어려울 때 돕는 것이 친구이잖습니까.”

마쓰우라 대사의 말에 우쭐한 기분이 든 이동원 대사가 기분 좋게 웃었다.

솔직히 전화를 할 때만 해도 표도르 강 회장을 만날 수 있는지에 대한 기대를 크게 하지 않았다.

전임 대사인 최석열 대사에게 건네받은 전화번호가 이런 역할을 할지도 말이다.

문제는 중차대한 일에만 전화번호를 사용하라는 최석열 대사의 충고를 이동원 대사가 무시했다는 점이다.

띵!

고속 엘리베이터를 타고서 37층까지 빠르게 도착했다.

엘리베이터가 열리자 그곳에도 무장 경비원이 있었다.

37층은 룩오일NY의 회장 비서실과 집무실이 있었기 때문이다.

“이쪽에서 기다리시면 됩니다.”

나타샤가 안내한 곳은 접견실로 웬만한 5성급 호텔보다 인테리어가 뛰어났다.

"표도르 강 회장님은 언제쯤 만날 수 있는 것입니까?"

접견실에서 나가려고 하는 나타샤에게 이동원 대사가 물었다.

"곧 이쪽으로 오실 것입니다. 잠시만 기다리시면 됩니다."

나타샤는 아름다운 미소를 지으며 말했다.

"하하하! 고맙습니다. 기다고 있겠습니다."

나타샤의 말에 이동원 대사도 환한 웃음으로 답했다.

"이동원 대사님의 공로가 정말 크십니다. 저희가 표도르 강 회장을 만나기 위해 백방으로 알아보았지만, 방법을 찾을 수가 없었습니다."

"하하하! 제가 다른 것은 몰라도 룩오일NY와의 관계는 러시아에서 그 누구보다도 친밀할 것입니다."

마쓰우라 대사의 칭찬에 다시 한번 이동원 대사의 목에 힘이 들어갔다.

"앞으로도 잘 부탁하겠습니다."

옆에 있던 고무라 외무장관도 이동원 대사에게 살짝 고개를 숙이며 말했다.

"물론입니다. 이웃 나라끼리 잘 돕고 살아야지요."

"하하하! 그래야지요. 오늘의 빚은 꼭 갚겠습니다."

이동원의 말에 고무라 외무장관도 목젖이 보이도록 크게 웃었다.

그때 접견실의 문이 열리고 네 명의 인물이 들어왔다.

세 사람 모두 앉아 있던 자리에서 일어나 들어오는 인물들을 바라보았다.

네 명의 인물 중 한눈에 보아도 고급스러워 보이는 슈트를 차려입은 인물이 앞장서서 걸어왔다.

그는 이목구비가 뚜렷한 미남형에, 40대 중후반으로 보였다.

표도르 강 회장을 만나보지 못했던 세 사람 모두 그 인물을 표도르 강으로 단정 지었다.

"룩오일NY의 방문을 환영합니다. 표도르 강입니다."

아니나 다를까, 그가 오른손을 내밀며 악수를 청해왔다.

"이렇게 뵙게 되어 영광입니다, 회장님. 한국의 이동원 대사입니다.

이동원 대사는 러시아의 키리옌코 대통령을 만난 것처럼 고개를 깊숙이 숙이면서 인사를 건넸다.

"하하! 이 대사님의 연락을 받고 한달음에 달려왔습니다. 무슨 일이 있으십니까?"

자신을 표도르 강으로 소개한 인물은 이동원 대사를 만나자마자 연락한 이유를 물어왔다.

"아, 그게 말입니다. 일보다는……."

"안녕하십니까? 일본의 외무장관인 고무라 마사히코라고 합니다."

이동원 대사가 우물쭈물하자 옆에 있던 고무라 외무장관이 앞으로 나서며 표도르 강에게 인사를 건넸다.

"고무라 외무장관이라고요? 함께 오신 분들은 한국 대사관 분들이 아니십니까?"

표도르 강이라고 지칭한 인물의 목소리가 커지며 얼굴 표정이 구겨졌다.

"아, 그것이……."

이동원 대사는 표도르 강 회장의 질문에 어찌할 줄을 몰랐다.

그는 일본의 외무장관과 주러 일본 대사라면 갑작스러운 방문이라도 어쩔 수 없이 만나줄 것으로 생각했다.

하지만 표도르 강 회장은 고무라 외무장관이 머리를 숙이며 건네는 인사를 받지 않았다.

당황한 것은 고무라 외무장관과 마쓰우라 대사도 마찬가지였다.

"일본 관계자들이 왜 여기에 있는 거지?"

표도르 강 회장은 러시아어로 자신의 뒤에 있는 회사 관계자에게 큰 소리로 물었다.

그의 목소리는 분명 화가 나 있었다.

룩오일NY 회사 관계자들은 다급한 표정으로 표도르 강에게 뭔가를 설명하는 모습이었다.

러시아어로 빠르게 이야기하는 모습에 세 사람은 무슨 이야기가 오가는지 알지 못했다.

그러는 도중 표도르 강 회장이 불같이 화를 내며 접견실을 나가 버리는 불상사가 일어났다.

그를 따라서 함께 들어왔던 직원들도 모두 나가 버렸다.

너무 순식간에 일어난 일이라 접견실에 있는 세 사람 다 어찌할 줄을 몰랐다.

"이게 어찌 된 일입니까?"

황당한 표정의 고무라 외무장관이 이동원 대사를 보며 물었다.

이동원 대사의 얼굴은 똥 씹은 표정으로 이마에서 땀이 비 오듯 흘러내렸다.

털썩!

"후! 저도 잘 모르겠습니다."

이동원 대사는 다리에 힘이 풀렸는지 소파에 주저앉으며 말했다.

'아무리 그래도 내가 한국 대사인데……. 표도르 강 회장에

게 잘못 보이면 러시아에서의 생활은 끝인데……'

이동원 대사의 복잡해진 머릿속에는 수많은 생각들이 갈피를 잡지 못한 채 떠다녔다.

"장관님, 일이 틀어진 것 같습니다. 오히려 이 대사를 통한 것이 역효과로 이어진 것으로 보입니다."

마쓰우라 대사가 일본어로 고무라 외무장관에게 말했다.

표도르 강 회장의 표정과 말투로 보아 오늘의 만남은 이동원 대사가 막무가내로 진행한 것 같았다.

"우리가 온다는 것을 전혀 통보하지 않은 것 같군요."

"예, 오늘 아무 말도 없이 갑자기 나타난 것에 대해서 몹시 불쾌한 것 같습니다."

고무라 외무장관과 마쓰우라 대사는 자신들을 무시한 표도르 강 회장에게는 불만을 표현하지 않았다.

"흠, 표도르 강 회장의 성격과 행동을 전혀 알지 못한 채 움직인 우리의 잘못이 크군요."

고무라 외무장관과 마쓰우라 대사는 나름대로 지금의 상황을 파악했다.

"아무런 성과 없이 물러난다는 것이 마음에 걸립니다. 이렇게 가면 다시는 표도르 강 회장을 만날 수 없다는 생각이 듭니다."

"성과는 있었습니다. 표도르 강의 표정을 보니, 한국과 룩오일NY가 이번 일로 크게 틀어진 것 같습니다."

고무라 외무장관의 말에 마쓰우라가 넋이 나간 사람처럼 멍한 표정을 짓고 있는 이동원 대사를 쳐다보며 말했다.

이동원 대사는 지금 두 사람이 무슨 이야기를 하는지도 관심이 없었다.

"그런 것 같군요. 솔직히 저 인간을 믿지 않았습니다. 이젠 우리가 문제를 풀어야 할 시기입니다."

"오늘은 힘들 것 같습니다. 나가면서 연락처를 남기도록 하시지요."

분위기로 보아 오늘은 표도르 강 회장과의 만남은 물 건너간 모습이었다.

"그러도록 합시다. 우리가 너무 서두른 것 같습니다. 최대한 미안함을 전하고, 양해를 구하는 모습을 보이는 것이 좋겠습니다."

접견실에 있는 세 사람은 자신들의 모습이 촬영되고 대화가 녹음되고 있다는 것을 알지 못했다.

Chapter 10

한국 대사관으로 돌아온 이동원 대사는 끓어오르는 분을 참지 못했다.

아무리 룩오일NY을 이끄는 표도르 강이었지만, 한국을 대표하는 자신을 고무라 외무장관과 마쓰우라 대사 앞에서 모욕을 준 것이다.

룩오일NY 본사를 나오던 때에 고무라 외무장관과 마쓰우라 대사의 눈빛도 전과는 달리 차가웠다.

말은 정중했지만, 눈빛은 이동원 대사를 무시하는 것처럼 느껴졌다.

쾅!

"지가 아무리 룩오일NY의 회장이라도 그렇지. 날 그런 식으로 대하다니."

집무실 책상을 주먹으로 내려친 이동원 대사는 1시간 전 상황을 떠올렸다.

"무슨 일이 있으십니까?"

대사 집무실로 들어오던 김도한 참사관이 놀란 표정으로 물었다.

오전에 대사관을 나설 때까지만 해도 이동원 대사의 표정은 어느 때보다 좋아 보였기 때문이다.

"도대체 표도르 강이 얼마나 대단하길래 일국의 대사를 개무시할 수 있단 말이야."

'무슨 일이 있었군.'

"직접 겪어보지는 않았지만, 러시아에서는 표도르 강과 절대로 적이 되지 말라는 소리가 있습니다. 악명 높은 러시아의 마피아조차 그에게 머리를 숙인다고 하니까요."

김도한 참사관은 이동원 대사보다 2년 먼저 러시아에 부임했다.

"모두가 만들어낸 이야기가 아닐까?"

"물론 모든 이야기를 믿을 수는 없지만, 전부가 거짓은 아닙니다. 룩오일NY와 연관된 사업은 러시아에서 제일 먼저 처리됩니다. 아시다시피 룩오일NY 산하에 있는 코사크와 소빈금융조세청은 정부 기관과 같은 역할을 합니다."

"한마디로 멍청한 나라야. 일반 사기업에 수사권과 세금을 걷을 수 있는 권한을 주다니."

"미국도 정부 기관이 아닌 FRB(연방준비은행)에서 달러를 찍어내지 않습니까."

"미국은 다르지. 러시아 놈들은 생각 없이 자기 마음대로 하는 족속이니까. 예의도 없고 말이야."

불만이 가득한 말투로 이야기하는 이동원 대사의 눈에는 적개심까지 보였다.

"물론 다른 나라와는 사뭇 다른 분위기이긴 합니다. 하지만 우리와의 유대 관계가 이전과 다르게 진행되는 일들도 많아지고……."

"그만. 오늘은 그런 말을 나눌 기분이 아니니까 나중에 이야기하지."

"알겠습니다. 저녁에 교민들과의 간담회가 있습니다. 교민회장님께서 이번에는 대사님이 꼭 참석하시길 바라고 있습니다."

"간담회가 왜 이리 많아. 30분 안에 끝나는 것으로 합시다."

이동원 대사는 짜증 섞인 말투로 말했다.

기분을 잡친 이런 날에는 술로 기분을 달래야만 했다.

"현지 기업인들도 참석할 예정인데, 30분은 좀 촉박한 것 같습니다."

"오늘은 내 말대로 합시다. 몸이 좋지 않아서 그래요."

이동원 대사의 입에서 존댓말이 나올 때는 기분이 몹시 안 좋다는 표현이었다.

'무슨 일이 있었길래 저럴까?'

"알겠습니다. 30분에 끝날 수 있게 준비하겠습니다."

"중요한 일도 많은데, 교민 간담회 같은 것은 알아서 좀 처리해."

"예, 6시에 뵙겠습니다."

이동원 대사와 더 이상 말을 섞어봤자 좋을 게 없다는 것을 김도한 참사관은 잘 알고 있었다.

그는 인사를 건넨 후 곧바로 밖으로 나갔다.

이동원 대사는 외교관이기보다는 정치인에 가까웠다.

핵심 권력층과의 유대 관계와 로비를 통해서 지금의 위치까지 오른 것이다.

* * *

내일이면 일본으로 출발해야 하는 고무라 외무장관은 고민이 이만저만이 아니었다.

룩오일NY의 본사를 방문할 때까지만 해도 큰 기대를 안고 있었지만, 지금은 오히려 문제가 더 커진 느낌이었다.

시베리아 횡단철도의 열쇠를 쥐고 있는 표도르 강 회장의 심기를 불편하게 만들었기 때문이다.

"후! 멍청한 놈을 믿었던 내가 잘못인 것 같습니다."

숙소로 돌아온 고무라 외무장관은 이동원 대사를 노골적으로 비난했다.

"그런데 어떻게 이동원 대사가 표도르 강 회장의 연락처를 알고 있는지가 궁금했습니다."

"굼벵이도 구르는 재주가 있다고 하지 않습니까? 이젠 이동원에 대해서는 입에 올리지 맙시다. 지금 우리에게 가장 중요한 것은 표도르 강을 어떻게든 만나야 하는 일입니다."

마쓰우라 대사의 말에 고무라 외무장관은 불편한 기색을 내보였다.

"알겠습니다. 다시 한번 만남을 요청하는 공문을 보냈으니, 기다려야 할 것 같습니다."

일본 대사관은 표도르 강 회장과의 공식적인 만남을 요청하는 정식 공문을 두 번이나 발송했다.

"후! 내일이면 출국을 해야 하는데, 마냥 기다릴 수는 없습니다."

고무라 외무장관은 태국 방콕에서 열리는 아세안 외무장관 회의에 참석하기로 되어 있었다.

"지금의 상황에서는 어쩔 수가 없는 것 같습니다."

"러시아의 정치인들에게 부탁할 수는 없겠습니까?"

"제가 아는 범위에 있는 인물들에게 모두 말을 해놓았지만 다들 고개를 저었습니다. 러시아에서 표도르 강을 만나기 위해서는 총리급 이상이 움직여도 힘들다고 말할 정도입니다."

"후! 이대로 물러나면 많은 대가가 들어간 한반도 종단 철도 이용 계약은 무의미해지는 것입니다."

고무라 외무장관은 답답한 듯 한숨을 계속해서 내쉬었다.

한반도 종단 철도를 통해서 러시아와 유럽 시장을 노린다는 것이 천지회를 이끄는 세지마 류조의 전략이었다.

쇠퇴 일로에 있는 일본 경제를 다시금 뛰게 만들 수 있는 것이 북방 물류 시스템 구축을 통한 유라시아 대륙 장악이다.

"표도르 강이 왜 만남을 피하는지를 모르겠습니다. 닉스홀딩스와의 계약보다 더 좋은 조건을 제시했는데도 말입니다."

"표면상에 보이는 계약보다 그 이면에 다른 계약이 있을 수도 있습니다. 우리가 알지 못하는 조건 말입니다."

"아, 그럴 수도 있겠습니다."

"우리도 닉스홀딩스와 계약을 성사시키기 위해 일본 기업 인수를 허락하지 않았습니까."

"그렇지요. 제가 하나만 생각한 것 같습니다."

"한반도 종단 철도라는 큰 산을 넘었다고 생각했는데, 표도르 강이라는 더 큰 산이 우리의 앞길을 막을 줄은 전혀 예측하지 못했습니다."

고무라 외무장관의 말이 끝날 때였다.

호텔 방 안의 전화가 울렸다.

"여보세요?"

고무라 외무장관의 비서관이 전화를 받았다.

"잠시만, 기다려 주십시오."

비서관은 다급하게 전화를 고무라 외무장관에게 건넸다.

"룩오일NY 비서실이라고 합니다."

비서관의 말에 고무라 외무장관의 표정이 환하게 바뀌었다.

* * *

닉스살루트호텔의 최고급 객실인 프레지덴셜 스위트에 도착한 고무라 외무장관은 긴장한 표정으로 룩오일NY 비서실 직원의 안내를 받으며 안으로 들어섰다.

프랑스에서 공수한 화려한 샹들리에가 방 안을 밝히고 있는 객실은 고무라가 생각한 것보다 훨씬 넓었다.

전면 통유리를 통해서 불을 훤하게 밝힌 러시아 권력의 상징, 크렘린궁이 한눈에 들어왔다.

그리고 그 앞에 서서 크렘린궁을 바라보고 있는 사내가 있었다.

"고무라 마사히코입니다."

고무라 마사히코는 정중하게 표도르 강에게 고개를 숙이며 인사를 건넸다.

"고무라 장관님, 어서 오십시오."

뒤를 돌아서며 인사를 건네는 표도르 강은 오전에 보았던 인물이 아니었다.

"표도르 강 회장님이 맞으십니까?"

놀란 표정의 고무라 외무장관은 확인하듯 물었다. 표도르 강이 일본인처럼 아주 능숙하게 일본어를 했기 때문이다.

"하하하! 많이 놀라셨습니까? 자, 앉아서 이야기를 나누시지요."

"오전에는 실례가 많았습니다. 모스크바는 늘 조심을 해야 하는 도시라서 말입니다."

내 말에 고무라 외무장관은 멍한 표정으로 소파에 앉았다.

"아직도 믿기지 않습니다. 진짜로 제 앞에 계시는 분이 표도르 강 회장님이 맞는지요?"

고무라 외무장관은 표도르 강을 한 번도 만나본 적이 없었기 때문에 의심이 들었다.

더구나 오전에 룩오일NY 본사를 방문해 표도르 강이라고 자신을 소개한 인물을 보았기 때문에 더 그럴 수밖에 없었다.

"물론입니다. 저 외에는 누구도 이곳에 올 수 없습니다."

"그럼, 오전에는 왜 그러셨는지 여쭤봐도 되겠습니까?"

"저는 매사에 정확한 것을 좋아합니다. 아무런 통보도 없이 고무라 외무장관님이 방문하신 것에 대해 저 또한 확인이 필요했습니다."

"그 일에 대해서는 다시 한번 사과드립니다. 예의를 지키지 못한 경솔한 행동이었습니다."

고무라 외무장관은 자리에서 일어나 고개를 숙이며 사과했다.

"솔직히 고무라 장관님을 만나는 것에 대해 적잖은 고민을 했습니다. 오늘 보여주신 행동은 아시아를 대표하는 국가의 외무장관님 모습이 아니었기 때문입니다. 하지만 러시아와 일본의 우호적인 협력 관계를 생각했을 때 모른 척할 수가 없었습니다."

"뭐라고 드릴 말씀이 없습니다. 회장님을 만날 방법을 찾다 보니 어리석은 선택을 했습니다."

고무라 외무장관은 진심으로 미안한 모습이었다.

"그런데 이동원 대사가 어떻게 고무라 외무장관님과 함께 올 수 있었습니까?"

"어떻게 말씀드려야 할지 모르겠지만, 마쓰우라 대사에게 이동원 대사가 회장님을 만날 수 있다는 이야기를 모임 자리에서 꺼냈다고 합니다. 모임에서의 기억을 가지고 있던 마쓰우라 대사가 이동원 대사에게 회장님을 만날 수 있는지에 대해 부탁을 한 것으로 알고 있습니다."

고무라 외무장관은 질문에 숨김없이 이야기를 해주었다.

"흠, 알겠습니다. 그럼, 절 만나길 원하신 이유를 들어볼까요."

예상했던 대로 이동원 대사의 입을 통해서 일본 측에 전달된 것이었다.

"회장님께 어떻게 전달되었는지는 모르겠지만, 저희가 시베리아 횡단철도에 대한 이용 계약을 요청했었습니다."

"그런 일이 있었습니까? 저는 그런 보고를 받지 못했습니다."

"예! 그게 무슨 말씀이신지요? 보고를 받지 못하셨다는 말입니까?"

고무라 외무장관은 내 말에 황당하단 표정을 지으며 되물었다.

"그렇습니다. 저는 그 내용에 대해서 전혀 알지 못합니다."

'이게 무슨 황당한 소리야… 부하 직원이 보고를 하지 않았다는 건가?'

"……."

고무라는 멍한 표정으로 무슨 말을 꺼내야 할지 몰랐다.

룩오일NY을 이끄는 표도르 강 회장이 시베리아 횡단철도에 대해서 알고 있어야만 협상에 관해 이야기할 수 있었다.

그런데 지금 황당하게도 표도르 강 회장이 아무것도 모른다고 나온 것이다.

"어떤 말들이 오고 갔는지는 모르겠지만, 시베리아 횡단철도에 대한 것은 오늘 처음으로 고무라 외무장관님께 들었습니다."

"정말이지 낭패스러운 일이 아닐 수가 없습니다. 저는 시베리아 횡단철도의 이용에 대해 룩오일NY 측과 사전 교감이 다 이루어졌는 줄 알았습니다."

고무라 외무장관은 룩오일NY의 직원들이 회장에게 왜 보고를 하지 않았는지, 아니면 정말 알면서 모른다고 하는지 따질 수가 없었다.

더구나 말을 하는 표도르 강 회장의 표정 또한 처음 듣는 이야기인 것처럼 보였기 때문이다.

'룩오일NY에 내분이 있는 건가? 아니면 룩오일NY를 너무 과장되게 본 것인지도…….'

고무라 외무장관의 머릿속은 복잡해졌다.

표도르 강의 말이 사실이라면 세계에서 손꼽히는 초일류 기업인 룩오일NY의 보고 체계가 너무 허술한 것이다.

그것은 곧 외부에서 보는 것과 달리 룩오일NY는 많은 문제점을 안고 있다는 말이기도 했다.

Chapter 11

고무라 외무장관은 어떤 식으로 시베리아 횡단철도에 대한 이야기를 풀어내야 할지 무척 어려워했다.

러시아를 방문했던 세지마 고문과 룩오일NY 주요 관계자들은 시베리아 횡단철도와 연관되어 충분한 의견을 나누었고 긍정적인 메시지를 주고받았다.

협상 테이블에 룩오일NY 관계자들은 표도르 강 회장에게 기존 닉스홀딩스와의 계약보다 일본 기업과의 계약을 적극적으로 이야기하겠다는 말까지 전달했다.

고무라 외무장관은 그러한 이야기를 고스란히 세지마 고문에게서 들었다.

하지만 지금 세지마 고문이 전해준 이야기와 전혀 맞지 않은 상황에서 표도르 강 회장을 상대해야만 했다.

"의사 전달에 있어 뭔가 착오가 있었던 같습니다. 저희는 회장님께서 결정하는 일만 남았다고 판단했습니다."

"아주 큰 착오가 있는 것 같습니다. 지금의 시점에서 시베리아 횡단철도에 대한 계약 상황을 바꿀 의사가 전혀 없습니다."

'어떻게 된 일인지, 확인할 수가 없으니…….'

마쓰우라 대사와 함께 오지 못한 것이 무척 아쉬웠다.

세지마 고문이 러시아를 방문했을 때 마쓰우라 대사가 수행했기 때문에 세부적인 일들을 자신보다 더 자세히 알고 있었다.

하지만 고무라 외무장관만을 만나겠다는 표도르 강 회장의 요청이 있었기 때문에 마쓰우라 대사를 대동하지 않았다.

"회장님께서 무엇을 원하시는지는 모르겠지만, 서로가 이익이 될 수 있는 방향으로 나아갔으면 합니다."

"이익이라? 우리가 얻을 수 있는 이익이 무엇인지 알려주시겠습니까?"

"지금 말씀이십니까?"

나의 말에 고무라 외무장관은 난감한 표정을 지으며 되물었다.

"지금이 기회인 것 같은데요."

"잠시만 시간을 주시겠습니까? 본국에 연락한 후에 회장님께서 말씀하시는 이익에 대해 구체적으로 답변해 드리겠습니다."

세지마의 허락을 받아야만 표도르 강 회장의 요구를 들어줄 수 있었다.

더구나 외교관인 고무라 외무장관이 해줄 수 있는 일은 극히 제한적이었다.

"그렇게 하십시오. 그리고 오늘이 지나면 어떤 좋은 조건을 가져오더라도 저는 새로운 계약을 하지 않을 것입니다."

"예, 기회를 주셔서 감사합니다."

나의 말에 고무라의 표정이 더욱 경직되었다.

옆방에서 전화를 걸고 온 고무라 외무장관은 정확히 6분 뒤에 협상 테이블에 앉았다.

"기다리게 해서 죄송합니다. 본국에서 회장님이 원하시는 것에 대해서 최대한 편의를 제공할 수 있도록 하라는 지시를 받았습니다."

"그럼, 제가 원하는 것을 들어주시겠다는 말씀입니까?"

“예, 저희가 할 수 있는 것이라면 뭐든지 가능합니다.”

“하하하! 말씀을 들으니, 협상에 관해 흥미가 생기는군요. 제가 요구하는 것은 단 하나입니다. 일본의 사쿠라은행을 소빈뱅크가 인수할 수 있게 해주십시오.”

“사쿠라은행을 말씀이십니까?”

밝아졌던 고무라 외무장관의 표정이 다시금 경직되었다.

사쿠라은행은 일본의 대표적 재벌인 미쓰이물산의 계열사로 3백여 년의 역사를 자랑하는 은행이다.

한때 일본의 3대 은행으로 이름을 날렸지만, 1997년부터 1999년까지 3년간 적자를 기록하며 크게 흔들리고 있었다.

사쿠라은행의 고질적인 문제의 배경은 거대한 부실채권이었다.

사쿠라은행이 대출을 해주던 기업과 투자사의 파산이 은행을 흔들리게 만들었다.

“예, 소빈뱅크가 일본에 진출했지만, 단단한 입지를 다지려면 현지 은행을 인수하는 것이 좋을 것 같아서요.”

‘은행이라니…….’

“그 문제는 제가 지금 당장 답변을 드릴 수 없을 것 같습니다.”

고무라 외무장관은 흘러내린 검은색 뿔테 안경을 위로 치켜세우며 말했다.

표도르 강 회장이 은행 인수를 요구할지는 전혀 예측하지 못했다.

"제가 무리한 요구를 하는 것입니까?"

"그게 아니라 제 담당이 아니라서 대답을 해드릴 수 없다는 말입니다. 은행과 연관된 일은 대장성에서 취급하기 때문입니다."

"조금 전까지는 제가 원하는 것을 이야기하라고 하신 것 같은데요."

"그것이… 죄송합니다."

고무라 외무장관은 이마에서 흘러내리는 땀을 손수건으로 닦으며 고개를 숙였다.

"그럼, 시베리아 횡단철도의 이야기는 여기서 끝내는 것으로 하시지요."

"잠시만 기다려 주십시오. 이번 결정은 제가 할 수 없습니다."

고무라 외무장관은 다급한 음성으로 말했다.

"알겠습니다."

고무라 외무장관은 다시금 자리에서 일어나 옆방으로 향했다.

그가 다시 돌아올 때는 시간이 10분 가까이 흘렀다.

* * *

소빈뱅크의 실사단은 사쿠라은행에 대한 대출 관련 서류와 재무제표에 대한 전반적인 자료를 넘겨받았다.

일본의 거품 경제가 꺼지면서 사쿠라은행은 상당한 부실채권이 생성되었고, 그로 인해서 주요 시중 은행들 중에서 가장 낮은 가격인 165엔까지 주가가 내려갔다.

"사쿠라은행은 부실채권도 문제지만 경쟁력이 다른 은행들보다 현저하게 떨어진 상태입니다."

소빈뱅크 도쿄 지점을 책임지고 있는 데이비드 최의 보고였다.

"해결 방안은?"

"현재 사쿠라은행과 거래하는 거래처들에 대해 제각기 별도의 대출이자들이 적용되고 있습니다. 지점마다 일률적인 이자율이 적용이 되지 않았습니다. 지점장들의 권한에 의해서 0.5~3%의 이자율 차이가 제각각 발생하여……."

사쿠라은행은 각 지점의 거래처마다 통일된 이자율이 아닌 서로 다른 이자율이 적용되고 있었다.

사쿠라은행의 지점장이나 은행 관계자와의 친분이 대출 이자율을 줄이는 데 크게 작용했다.

더구나 은행 간의 경쟁이 심해지자 대출을 받을 수 없는 회사나 업체들에도 대출이 이루어졌다.

"대출이자를 재조정한다는 말인가?"

"예, 그동안 해당 관료들이 경기 침체를 이유로 일본의 은행들에게 이자를 일률 적용하게끔 강요하지 못했습니다. 하지만 저희는 대장성과 일본 중앙은행의 눈치를 살필 필요성이 없습니다."

"흠, 그것만으로 적자에 빠진 은행을 흑자로 돌릴 수 있겠나?"

"세부적인 협상을 통해서 부실채권에 대한 조치를 일본 중앙은행에 요청할 생각입니다. 1조 엔 정도는 협상을 통해서 털어낼 수 있을 것 같습니다. 이와 함께 인터넷 거래와 일본에 특화된 편의점에 현금자동지급기(ATM)를 공급할 생각입니다."

일본은 현재 인터넷을 통한 은행 거래를 하는 은행이 없었다.

한국은 초고속 인터넷의 확장을 통해서 인터넷을 통한 은행과 증권 거래가 빠르게 늘고 있었지만, 일본은 한발 뒤지는 모습이었다.

"흠, 남들이 하지 않은 분야를 선점하는 것은 시장을 장악하는 데 아주 중요한 일이야. 일본의 편의점은 동네마다 없는 곳이 없을 정도로 서민들과 아주 밀접한 관계에 놓여 있으니까."

"현재 블루오션소프트와 IBM, 소프트뱅크, 도시바, 후지쓰와 계약을 진행하려고 하고 있습니다."

함께 자리한 소빈뱅크 지점장인 이고르의 말이었다.

이고르 은행장이 말한 회사들은 일본 컴퓨터 시장을 장악하고 있는 회사들로, 이들 컴퓨터에 탑재되는 소프트웨어를 통해서 인터넷을 통한 은행 거래를 성사시킬 예정이다.

블루오션소프트와 소프트뱅크는 편의점에 설치될 ATM기기에 들어가는 소프트웨어와 인터넷망과 연관된 회사다.

닉스홀딩스 계열사인 블루오션소프트는 은행 거래에 필요한 소프트웨어를 개발하는 전문 업체로 소빈뱅크와 협력 관계에 있다.

현재 한국에서도 현금자동화기기에 대한 은행들의 관심이 대폭 늘어난 상태다.

"구조 조정은 필요 없는 건가?"

"아닙니다. 임직원의 40%는 구조 조정을 통해서 내보낼 계획입니다. 여기에 임금 동결과 무분별하게 지원되던 사내 동호회에 대한 지원금을 축소할 것입니다. 가장 큰 문제로 지적되었던 은행 컴퓨터 시스템 보수 유지를 블루오션소프트로 바꿀 예정입니다. 이로 인해서 적어도 2억 달러 정도의 경비가 절감될 것입니다."

사쿠라은행은 입찰 경쟁 계약을 통한 것이 아니라 사쿠라은행의 회장과 특수 관계가 있는 회사에 은행 컴퓨터 시스템 보수를 맡겼다.

다른 회사와 비교해서 40%나 비싼 가격으로 해마다 유지 보수비가 나갔다.

"흠, 나쁘지 않군. 그리고 소빈뱅크처럼 부실채권을 담당하는 부문을 분사하는 것이 좋을 것 같은데."

"예, 현재 그와 관련되어 시뮬레이션을 진행하고 있습니다. 사쿠라은행뿐만 아니라 일본의 시중 은행들이 겪고 있는 부실채권을 집중적으로 회수할 수 있는 전문적인 회사를 아예 만들 계획입니다. 그와 함께 사쿠라은행의 주력이었던 홀세일(대기업 거래)과 리테일(소매 금융거래)에 치중했던 은행 업무를 투자 업무 분야로 확대할 생각입니다."

일본 시중 은행들은 채권 회수와 영업 부문을 분리하지 않았다.

"그래, 맞아. 사쿠라은행만 국한할 것이 아니라 일본의 시중 은행들까지 확대한다면 아주 좋은 결과가 있을 것 같아. 이 조건도 일본과 협상할 때 명시하는 게 좋겠어."

일본의 시중은행들은 하나같이 부실채권 문제로 골머리를 앓고 있었다.

거품경제가 한창이었을 때부터 발생한 부실채권들은 일본의 극심한 장기 침체 기간 동안 계속해서 늘어나고 있었다.

잃어버린 10년이라고 불리게 되는 일본의 장기 침체는 1991년부터 시작되었다.

"그렇게 하겠습니다. 유리한 협상 키를 잡고 있는 상황에서 최대한으로 좋은 조건들을 받아내겠습니다."

소빈뱅크 도쿄 지점을 책임지고 있는 데이비드 최는 자신감이 넘치는 말투였다.

사쿠라은행이 계획대로 인수된다면 소빈사쿠라뱅크로 이름이 바뀔 것이다. 그리고 그 책임자는 데이비드 최가 될 것이다.

"오히려 사쿠라은행을 내주는 것이 우리에게는 이익이 될 수 있습니다. 현재 사쿠라은행은 부실채권 문제로 경영이 무척 어려운 상황입니다. 아무런 조치 없이 이대로 1~2년이 흘러간다면 파산을 선언한다고 해도 이상할 것이 없습니다."

"흠, 그래도 일본의 은행을 내준다는 것이 조금은 꺼림직해."

미와자와 기이치 일본 대장상의 말에 세지마가 고민스러운 표정으로 말했다.

일본은 지금 새로운 도약을 위해서 은행 간의 합병을 통해 거대 은행을 탄생시키고 있었다.

미국과 유럽의 세계적인 은행들을 상대할 경쟁력을 확보하기 위한 차원이었다.

"사쿠라은행은 경쟁력이 뒤떨어진 구시대의 유물이 되었습니다. 작은 것을 내주고 더 큰 것을 얻어오는 것뿐입니다."

미쓰비시종합상사의 사사키 회장의 말이었다.

"구마타니의 반발이 심하다고 들었는데."

구마타니는 사쿠라은행을 소유하고 있는 미쓰이물산의 회장이었다.

3백 년의 역사를 가진 사쿠라은행을 외국 은행이 인수한다는 것을 받아들일 수 없다고 완강히 버티고 있었다.

"우물 안의 개구리처럼 넓은 세상을 알지 못하는 행동입니다. 일본 내에 갇혀 있으면 더는 지금의 경제력을 유지할 수 없습니다. 점차 노동력을 유지할 수 있는 출생 인구도 줄어들고 있습니다. 더구나 중국의 경제 성장률이 우리의 예상을 넘어서고 있습니다. 앞으로 10년이 지나면 중국의 GDP가 일본을 추월할 것이라는 보고도 있었습니다."

세지마를 보좌하는 마스다 노부유키가 구마타니 회장을 비판하는 말을 했다.

"마스다 상담역의 말이 맞습니다. 지금 일본은 중대한 갈림길에 서 있습니다. 앞으로 나아가든지 아니면 이대로 주저앉든지 말입니다."

사사키 회장이 마스다의 말에 강하게 동조했다.

"미와자와는 어떻게 생각하나?"

세지마가 자리에 함께한 미와자와 대장상에게 물었다.

미와자와는 세지마가 가까이하는 정부 관료 중 하나였고, 세지마의 지원으로 일본의 경제를 주도하는 대장상에 올랐다.

"과거의 영화만을 생각하고 있다가는 우린 중국은 물론 한국에게도 밀려날 수 있습니다. 우리가 우습게 생각하던 러시아마저 룩오일NY이라는 초일류 기업을 만들어냈습니다. 더구나 한국의 닉스홀딩스는 놀랍게도 선생님께서 구상하신 유라시아 대륙으로의 진출을 직접 실행하는 모습을 보여주었습니다. 우리가 안심하고 있다가는 더 놀라운 모습을 보게 될지도 모릅니다. 지금 결단하지 않는다면 말입니다."

"흠, 미와자와가 아주 잘 말해주었어. 일본이 섬에 갇혀 안주하는 순간, 우린 다시 에도막부 시대로 돌아갈 수도 있다는 것을 명심해야 해. 구마타니가 사쿠라은행을 포기하지 않는다면 사쿠라은행에 지원했던 자금과 미쓰이물산의 모든 대출을 회수하겠다고 전해."

세지마의 말에 방 안에 있던 모든 인물들이 당연하다는 듯이 고개를 끄떡였다.

에도막부는 바쿠한(막번) 체제 밑에 사농공상의 신분을 고정하는 한편, 일본 내 기독교 금지를 내세워 쇄국정책을 진행했다.

그 후에는 유교적 교화를 이용하면서 전국 지배를 강화하며 264년 동안 일본을 지배했다.

일본이 나아갈 길은 한반도는 물론, 만주와 중국을 손에 넣을 뻔했던 2차 세계대전 때와 같이 대륙으로의 진출이었다.

이젠 물리적인 전쟁이 아닌 경제적인 전쟁을 통해서 말이다.

Chapter 12

소빈뱅크가 3백 년 역사를 가진 사쿠라은행을 인수한다는 소식은 미국 월가의 5대 투자은행이었던 베어스턴스를 인수·합병할 때처럼 세계 금융가에 큰 충격을 주었다.

특히나 일본의 은행들은 상당히 보수적인 성향을 지니고 있어서 외부에서 접근하기가 힘들었다.

사쿠라은행은 3년간 연속된 적자와 부실채권으로 어려움을 겪었지만, 임직원들은 은행이 팔리리라는 것을 전혀 생각지도 못했다.

갑작스러운 미쓰이물산의 결정에 사쿠라은행의 임직원들은

크게 술렁거리며 불안함을 감추지 못했다.

"러시아 놈들에게 은행을 팔다니… 경영진이 다들 미친 것 같아."

사쿠라은행 도쿄 본점 대출부에 근무하는 무라야마는 어이없는 표정으로 말했다.

"지금은 그걸 말할 때가 아니야. 전략본부에 있는 야마모토가 곧 있으면 대규모 구조 조정에 들어간다고 하더라고."

입사 동기이자 나이가 같은 가메이의 표정도 심각했다.

"러시아 놈들은 일본의 특수성을 전혀 몰라. 고객들에 대한 응대조차 모를 테니까."

"후! 어떻게 이런 어이없는 일이 벌어지다니."

두 사람은 일이 손에 잡히지 않았다. 아니, 본점에 있는 모든 직원들이 그러했다.

그때 직원 휴게실로 그들의 상사인 다케사다 과장이 들어왔다.

"부장님도 어떻게 된 일인지 모른다는군."

"구조 조정에 대한 말은 사실입니까?"

가메이가 궁금한 표정으로 물었다.

"나도 모르겠어. 너무 갑작스럽게 결정된 일이라서, 다들 뭐가 정확한 말인지 알지 못하는 분위기야."

"러시아 놈들이 인수했으니, 사쿠라은행도 끝입니다. 어떻게 300년의 역사를 러시아 놈들에게 팔아넘길 수 있습니까."

극우 성향의 무라야마는 소빈뱅크가 사쿠라은행을 인수한 것에 대해 대단한 적개심을 드러냈다.

"내가 볼 때는 경영진의 결정보다는 더 윗선에서 압력이 내려온 것 같아."

"윗선이라면 일본은행에서 말입니까?"

"아니. 친구 놈 중 하나가 대장성에 근무하는데, 지나가는 소리로 사쿠라은행에 대한 이야기를 자신의 상관에게서 들었다고 했어. 사쿠라은행에 대한 중요한 결정이 있을 거라는 말을 말이야. 난 그걸 스미토모은행과 연관된 일이라고 생각했었지."

일본 금융시장에서는 오사카 등 간사이(관서) 지역을 기반으로 하는 스미토모은행과 합병설이 나돌았다.

"대장성이 움직였다는 말입니까?"

가메이가 놀란 표정으로 물었다.

"그건 나도 모르지. 언론에서도 다루지 않고 있으니까."

소빈뱅크가 사쿠라은행을 인수했다는 소식을 일본의 언론들은 이상할 정도로 짧은 단신으로 취급했다.

300년 역사의 사쿠라은행이 외부에 팔렸다는 것에 대해 호들갑을 떨어야 할 언론들이 말이다.

“그것도 좀 이상합니다. 고객들도 사쿠라은행이 팔렸다는 것을 모르고 있었습니다.”

“후! 어쩌면 정부가 관여한 일인지도 모르지. 하지만 우리가 여기서 왈가왈부해도 벌어진 일을 되돌릴 수가 없다는 거야.”

가메이의 말에 다케사다 과장이 한숨을 쉬며 말했다.

그동안 경험으로 보아 구조 조정은 필수라는 것을 다케사다 과장은 알고 있었다.

“저는 사쿠라은행에 입사한 것이지 소빈뱅크에 입사한 것이 아닙니다. 일본의 자존심을 짓밟은 소빈뱅크 아래에서는 일할 수 없습니다.”

‘순진한 놈. 나가야 할 명단이 이미 만들어졌다는 것을 모르고 있어.

무라야마의 말에 다케사다 과장은 고개를 끄떡일 뿐이었다.

*　　　*　　　*

소빈뱅크의 사쿠라은행의 인수는 2차 세계대전 독일이 유럽을 침공할 때에 사용했던 전격전처럼 순식간에 결정되었다.

보통 사쿠라은행 같은 규모가 상당한 은행의 인수·합병에 들어가는 시간은 6개월에서 1년이 걸렸다.

1990년 4월 미쯔이은행과 다이요고베은행이 합병해 태어난 사쿠라은행은 간토(관동) 지방과 도쿄를 중심으로 영업을 펼쳤다.

사쿠라은행은 일본 시중은행으로서는 개인 고객이 가장 많은 1,500만 계좌를 확보해 개인 거래에서 강점을 지니고 있었다.

그러나 합병에 대한 후유증으로 인한 부실채권 처리의 지연과 경기 불황의 여파로 금융 재편 과정에서 상대적으로 뒤처졌다.

"일본은행에서 1조 1천억 엔의 부실채권 처리 금액을 지원받기로 했습니다."

"좋은 소식이군. 채권 인수를 위한 회사 설립에 대해서는 어떻게 되었나?"

"일본 대장성의 허락을 받아냈습니다. 다음 달에 곧바로 소빈신용정보를 설립할 것입니다."

루슬란 비서실장은 내 말에 곧바로 답을 했다.

"하하하! 정말 중요한 일을 해냈어. 소빈신용정보가 어떤 일들을 할지 일본은 전혀 알지 못할 거야."

일본의 신용평가투자정보센터가 독점하고 있는 신용 평가

시장에도 진출할 계획이다.

"일본 은행 간의 합병 문제로 인해 세밀한 것들을 보지 못하는 것 같습니다."

"사쿠라은행의 자산은 얼마나 되지?"

"47조 2,100억 엔입니다."

"흠, 상당하군. 직원들은 얼마나 정리할 건가?"

"임직원은 1만 6,300명으로 이들 중 7,500명 정도를 정리할 생각입니다. 핵심 임원들에 대한 사표는 이미 받아놓았습니다."

"과도한 인력을 가져갈 필요성은 없어. 앞으로는 무인 점포와 편의점을 이용한 현금인출기에 중점을 두는 것이 더 유리하니까."

일본에 중점적으로 시행해야 할 사업은 이미 정해져 있었다.

"예, 회장님께서 말씀하신 대로 일본에서의 고용은 최대한으로 줄일 생각입니다. 본격적인 개혁의 하나로써 지점장 제도를 없애고, 중앙 본부에 일선 점포 업무를 직접 관장할 예정입니다."

은행 지점장은 작은 은행장인 소행장으로 불린다.

대출 결정과 직원들에 대한 인사 평가와 함께 지점 운영에 관한 전권을 장악하기 때문이다.

사쿠라은행은 적잖은 지점장들이 불법 대출과 연관되어 있었다.

"기업 및 거액 예금자의 거래를 중점적으로 취급하는 핵심 지점과 예금 인출, 송금 등의 단순 업무를 주로 하는 위성 지점으로 분류하여 대규모 업무는 핵심 지점에서만 맡도록 할 계획입니다. 일본 전국의 1천여 개의 은행 지점들을 지역별로 62개의 권역으로 나누고, 각 권역에는 1개 핵심 지점만을……."

사쿠라은행을 흑자로 돌리려는 조치였다.

권역별 1개의 핵심 지점만 두고 나머지는 위성 지점으로 분류해 핵심 지점에 전문 직원들을 집중적으로 배치하여 대기업과 중소기업, 그리고 VIP 고객을 담당하게 하는 것이다.

오늘날의 PB(Private Banking)센터 개념을 도입하는 것이다.

PB센터는 거액 예금자를 상대로 고수익을 올릴 수 있도록 금융 전문가들이 컨설팅을 해주고 있었다.

"이로 인해 위성 지점의 인력이 대폭 감소해 최소 25%를 줄일 수 있습니다. 핵심 지점에는 업무별 책임자가 선정되고 위성 지점에는 지점을 관리하는 매니저만 둘 예정입니다."

일본의 시중 은행들은 시행할 수 없는 일들을 소빈뱅크는 과감하게 진행할 수 있었다.

"좋아, 내년 중반 정도면 안정이 되겠군. 소빈뱅크의 다음

대상은 어느 은행으로 정했나?"

"후지은행과 스미토모은행입니다. 저희가 사쿠라은행을 인수함으로써 일본 시중은행 간의 대규모 합병은 더욱 빨라질 예정입니다. 하지만 사쿠라은행처럼 막대한 부실채권과 이로 인해 누적되는 적자가 문제입니다. 이를 해결하지 못한 채 합병을 진행하게 되면 오히려 부실채권만 늘어나는 결과로 이어질 것입니다."

합병을 진행하려는 은행들 모두 막대한 부실채권으로 새로운 돌파구가 필요했기 때문이다.

일본 경제의 불황이 지속되면서 은행 대부분이 수천억 엔대의 적자를 기록하고 있었다.

일본 내 적자 은행들은 합병을 통한 인력 조정과 관리비 등을 줄여 경쟁력을 확보하려는 전략이었다.

"핵심적인 전략 없이 덩치만 키우다가는 오히려 더 큰 골병이 들지. 우리는 이러한 환경을 확실히 이용해야 해."

"물론입니다. 몽골제국의 칭기즈칸도 해내지 못했던 일본 정벌을 회장님께서 하실 수 있도록 최선을 다하겠습니다."

데이비드 최는 어린 시절 미국에서 생활했지만, 그의 할아버지는 독립 유공자였다.

어린 시절부터 할머니와 아버지를 통해서 고문으로 돌아가신 할아버지와 일본이 저지른 일에 대한 이야기를 듣고 자란 데이비드 최는 일본을 몹시 경멸했다.

한국의 외환 위기를 한층 더 위기로 몰고 간 일본의 야비한 행동 또한 데이비드 최는 알고 있었다.

"하하하! 칭기즈칸이 울고 갈 일만 남았군."

데이비드 최의 말이 현실로 바뀔 날이 얼마 남지 않았다는 것을 나는 알고 있었다.

*　　　*　　　*

일본의 미쓰비시종합상사와 러시아의 부란이 업무 협약을 맺었다.

부란은 또한 본격적으로 일본에 진출할 준비를 하였다.

일본 기업들의 제품들을 유럽까지 수송하기 위한 준비 작업의 일환이었다.

러시아와 동유럽에 진출한 일본의 제조 업체와 기업들 대다수가 부란을 이용하여 물품을 수송했다.

부란만큼 정확한 날짜와 시간에 러시아와 동유럽으로 물건을 보내주는 배송 업체가 없었기 때문이다.

룩오일NY와 한일 해저터널의 주관사로 선정된 미쓰비시종합상사는 시베리아 횡단철도 이용에 관한 계약을 체결했다.

사쿠라은행의 인수가 확정되고 계약이 이루어진 후 바로

처리된 상황이다.

향후 2년간은 이미 계약을 체결한 닉스홀딩스와의 계약을 인정하고, 1년간의 유예기간 중에는 닉스홀딩스와 미쓰비시종합상사에 50%씩 동일하게 배정하도록 했다.

일본에서 보내는 물품은 닉스부란과 닉스해운을 통해 한국으로 수송된 후 블라디보스토크로 보내진다.

3년 후부터는 닉스홀딩스와 미쓰비시종합상사 모두에게 입찰을 받아 가격이 높은 기업에게 시베리아 횡단철도의 독점권을 주기로 했다.

미쓰비시종합상사는 당연히 독점권을 따낼 것으로 보았다.

"하하하! 드디어 시베리아 횡단철도를 손에 넣을 수 있게 되었습니다."

미쓰비시종합상사의 사사키 회장은 흡족한 표정으로 크게 웃었다.

"하하하! 3년 후면 닉스홀딩스는 닭 쫓던 개가 지붕만 쳐다보는 꼴이 될 것입니다."

세지마를 보좌하는 마스다 상담역도 기분 좋은 웃음을 토해냈다.

"일한 해저터널이 완공되면 선생님께서는 도요토미 히데요시 태합(太閤)도 하지 못한 한반도와 유라시아 대륙까지 완전한 종속을 해내실 것입니다."

"아니, 중국은 왜 빼놓으십니까? 중국 놈들도 우리에게 종속되어야지요."

사사키 회장의 말에 마스다가 반문하며 말했다.

"하하하! 그렇지요. 중국도 우리의 하청기지가 되어야지요."

"하하하! 마스다가 명언을 했어. 대륙으로의 진출을 통해서 이스트와 웨스트 세력에도 휘둘리지 않는 대일본제국을 다시금 완성해야 해."

두 사람의 이야기를 듣고 있는 세지마 류조 또한 얼굴에 환한 웃음이 번져 나갔다.

"한국과 중국은 우리의 발아래에 있어야 하는 것이 그들의 숙명인 것 같습니다."

"다스림을 받았던 민족은 스스로 헤쳐 나아갈 수 있는 역량이 한참 부족하지. 한국과 중국, 모두에게 그들의 한계를 충분히 알게끔 해주는 것도 우리가 해야 할 일이야."

세지마의 말에 사사키와 마스다는 당연하다는 듯이 고개를 끄떡였다.

일본이 앞으로 나아가야 할 길은 정해져 있었다.

한일 해저터널을 통해서 다시금 한반도를 경제적으로 지배한 이후, 그 여세를 몰아 중국과 유라시아까지 일본 경제의 영향력 아래에 놓이는 경제 신질서를 만드는 일이었다.

*　　　*　　　*

"한일 해저터널의 본사업자로 선정된 걸 축하드립니다."

"하하하! 중호 너도 사업이 본궤도에 올랐더구나. 올해는 우리 집안에 좋은 일만 있을 것 같다."

"축하드려요. 언론에서 10년 치 먹거리를 대산이 가져왔다는 소리를 하던데요."

대산그룹의 이대수 회장의 생일을 맞이해 이중호와 이수진이 모처럼 자리를 함께했다.

"적어도 10년이지. 내가 볼 때는 12년 정도가 소요될 거야. 12년 동안은 대산건설이 그룹을 이끌어갈 거다, 하하하!"

이대수 회장은 전에 볼 수 없는 호탕한 웃음을 토해냈다.

정부가 아직 한일 해저터널에 대한 결정을 내리지 않고 있었지만, 일본의 주관사인 미쓰비시종합상사에서 협력 업체로 대산그룹의 대산건설을 선정했다.

더구나 미쓰비시종합상사의 계열사인 도쿄미쓰비시은행에서 공사 대금 5조 원을 추가로 대출해 주기로 합의했다.

대산그룹은 자체 보유 금액과 대출 금액을 합해 20조 원을 공사에 투입할 수 있는 여력이 생겼다.

"정부가 생각보다 시간을 끄는 것 같습니다."

"여력이 없어서야. 한마디로 나라에 돈이 없으니까. 100조 원에 달하는 공사비 중 40조 원은 투입해야 하거든. 우리가 20조 원을 마련했으니, 정부도 그만한 돈을 들여야 하니까."

일본에서 50조 원에서 10조 원을 더 추가해 60조 원을 담당하겠다고 나섰다.

"하긴 돈이 없어서 국방 예산까지 줄이는 판국인데, 20조 원을 마련하기 쉽지 않겠어요."

이수진이 이대수 회장을 말을 듣고는 고개를 끄덕이며 말했다.

이수진은 학교를 졸업하고 미국의 세계적인 로펌인 레이텀 앤 왓킨스에 들어갔다.

레이텀 앤 왓킨스가 한국에 진출하자 이수진도 서울로 들어왔다.

"결국에는 정부가 나설 수밖에 없어. 일본에서 돈을 댈 테니까."

"일본에서 공사비를 지원하면 한일 해저터널 권리가 일본 측에 넘어가는 것이 아닙니까?"

"어쩔 수가 없는 노릇이지. 돈을 쓴 사람이 권리를 가져가는 것이 당연하니까."

이중호의 말에 이대수 회장은 당연하다는 듯이 말했다.

"나중에 해저터널이 완공되면 한국에 손해가 적지 않겠는데요.”

“하하하! 지금은 그걸 따질 때가 아니다. 우선은 한일 해저터널의 진행을 서둘러야 해.”

대산그룹의 모든 역량을 한일 해저터널에 집중한 상황이었다.

“닉스홀딩스가 이번 한일 해저터널로 인해 상당한 이익을 보았다고 하던데요.”

“강태수는 아주 영리한 친구야. 경의선의 지분을 확보한 것이 한일 해저터널과 맞물려 큰 시너지를 낼 수 있게 되었으니까.”

이중호의 말에 이대수 회장은 진한 향이 풍겨오는 커피를 마시며 말했다.

“그 사람은 여전히 잘나가나 봐요?”

“잘나가는 정도가 아니지. 닉스홀딩스는 이 나라를 들었다 놓을 정도로 거대해졌으니까.”

“닉스홀딩스의 사업 전략을 보면 자신들이 선택한 분야를 그 누구도 건드릴 수 없을 정도로 철옹성처럼 만들어놓았어. 반도체 분야만을 보더라도 소재부터 장비, 그리고 반도체 공정까지 하나로 연결되게끔 수직 계열화로 만들어 버렸으니까. 그 누구도 할 수 없는 일을 해버린 거지.”

이대수 회장의 말에 이중호가 설명을 덧붙였다.

"아주 잘 파악하고 있구나. 강태수가 하는 일을 보면 처음에는 무리한 사업을 벌인다고 생각되지만, 시간이 지나고 보면 놀랍게도 모든 일이 맞물려 돌아가더구나. 미래를 내다볼 수 있는 능력이 있는 것처럼 말이다."

'아버지도 그런 생각을 하셨구나.'

이중호가 강태수에 대해 늘 생각해 오던 것이었다.

남들보다 앞선 정보를 바탕으로 선견지명(先見之明)은 한두 번 정도 할 수 있었다.

그러나 강태수는 지금껏 그러한 선견지명을 밥 먹듯 해오고 있었다.

"이야! 이전에도 슈퍼맨이었는데, 이젠 정말 슈퍼 울트라맨이 되어버렸네요. 저도 경영 쪽을 공부했지만, 태수 씨는 일반적인 학문과 상식으로는 설명되지 않는 사람 같아요."

"정말이지 미래를 알고 있는 것이 아닌지 모르겠습니다. 강태수가 지금까지 이루어온 일들을 보면 수진이 말처럼 우리가 배우고 알고 있는 상식과 지식으로는 설명되지 않으니까요."

"설마, 그럴까. 내일 당장 주식이 오른다는 것을 안다고 해도 기업 경영을 잘하는 거와는 다르잖아. 더구나 미래를 안다고 해도 매일 벌어지는 사건과 일들을 다 기억하지는 못할 텐데 말이야."

"수진이의 말이 맞다. 미래를 안다고 해도 사업을 이끄는 것은 정보만으로는 할 수 없는 문제야. 너도 사업을 맡고 있으니, 내 말이 무엇을 이야기하는지 알 것이다."

이대수 회장의 말처럼 사업 운영에는 정보뿐만 아니라 기술, 자본(돈), 물자, 사람이 필요하고 여기에 인사관리, 재무관리, 생산관리 등이 들어간다.

이와 함께 기업의 대표는 비전과 경영전략, 그리고 운용까지 갖추어야만 성공할 수 있는 최소한의 기반이 마련되는 것이다.

모든 것을 갖추었다고 해도 대외 변수와 환경 변화, 급속한 기술 발전, 각국의 정책 변화도 무시할 수 없는 요소들로서 회사의 운명을 좌우했다.

이중호가 투자하고 대표를 맡고 있는 나눔기술도 한때 자금 문제로 큰 어려움을 겪었다.

'제대로 설명할 수 없으니…….'

"예, 정보만으로는 어려운 일이지요."

"강태수가 만약 미래를 알고 있다면 한일 해저터널 사업에 참여했을 것이다. 닉스홀딩스 또한 건설 회사가 있으니까 말이다. 100조 원이 들어가는 사업에 참여하지 않는다는 것이 이상한 일이지."

이대수 회장의 말은 틀린 이야기가 아니었다.

이중호의 말처럼 미래를 알았다면 경의선 철도를 이용하여 한일 해저터널에 참여했을 것이다.

"듣고 보니 제가 너무 앞서 나간 것 같습니다."

"아니다, 나도 너와 같은 생각을 했던 적이 있으니까. 하여간 나눔기술에 대해 언론들이 연일 떠드는 소리가 듣기는 좋더구나. 대산에서도 조만간 나눔기술에 투자를 진행할 거다."

이대수 회장은 스스로 자립하여 나눔기술을 이끌어가는 이중호를 대견스럽게 생각했다.

"감사합니다. 앞으로의 먹거리는 인터넷이 주도할 것입니다. 조만간 소빈뱅크와 협상을 통해 증자도 계획하고 있습니다."

나눔기술은 IT 붐을 타고서 주식 가격이 꿈틀대고 있었다.

"아빠가 확실히 밀어준다고 하시니까, 나눔기술이 계속해서 날개를 달겠는데."

"하하하! 수진이도 밀어주랴."

이수진의 말에 이대수 회장은 큰 소리로 웃었다.

"저는 태수 씨를 밀어주셨잖아요. 제가 제대로 하지 못했지만."

"아직도 마음에 품고 있는 거니?"

"아니에요. 다 털어버렸어요. 이루어지지 않은 인연에 미련을 둘 만큼 어리석지는 않으니까요. 그런데 오빠는 언제 결혼할 거야?"

이수진은 이대수 회장의 말에 화제를 돌렸다.

요즘 소원해졌던 한종태 의원의 딸인 한수연과 다시금 혼사 이야기가 오가고 있었다.

한종태가 다시금 한국에 들어와 정치 복귀를 성공적으로 이루어냈고, 대산그룹도 로스차일드사의 투자로 활기를 되찾았기 때문이다.

여기에 이중호도 나눔기술을 통해 유망 벤처기업인으로 언론에서 주목받게 된 것도 이유였다.

여러모로 두 집안의 관계가 다시금 하나로 될 수 있는 여건이 만들어진 것이다.

돈과 권력이 하나가 되어야만 이 나라에서 앞으로도 계속 귀족으로 살아갈 수 있기 때문이다.

"내년쯤 생각하고 있는데. 너는 남자 친구가 정말 없는 거야?"

"난 아빠랑 살 건데."

"하하하! 나랑 사는 것도 좋지만, 난 수진이가 멋진 남자를 데려오는 것을 더 기대하고 있어."

이수진의 말에 이대수 회장은 흡족한 표정으로 웃었다.

"수진이에게 어울리는 짝을 찾기가 쉽지 않을 것입니다."

"하긴, 나와 어울리려면 웬만한 남자로는 안 되겠지."

이중호의 말에 이수진은 당연하다는 듯이 말했다.

"하하하! 우리 수진이와 만날 남자는 내가 특별히 면접을 볼 거다."

이대수 회장은 이수진의 말에 다시금 큰 소리로 웃었다.

이수진은 재벌가의 딸들 중에서 가장 뛰어난 미모와 학력을 갖춘 재원이었다.

모든 재벌가에서 이수진을 탐낼 정도로 그녀가 갖춘 능력이 돋보였다.

Chapter 13

신의주특별행정구로 향하는 도중 평양에 들러 김평일 주석을 만났다.

한일 해저터널과 일본의 경의선 이용에 대한 설명을 해주기 위해서였다.

김평일은 나를 전적으로 믿고 있었지만, 일본이 경의선을 이용하는 것에 대해서는 탐탁지 않게 여겼다

"하하하! 어서 오십시오."

"하하하! 그동안 잘 계셨습니까?"

김평일은 나를 격하게 포옹하며 반갑게 맞아주었다.

"강 회장님 덕분에 잘 지내고 있습니다. 자, 편하게 앉아서 이야기를 나누시지요."

김평일과 이야기를 나누는 곳은 새롭게 조성된 주석궁이었다.

이전의 주석궁과 달리 크기와 화려함보다는 업무 효율성과 조화로움에 중점을 두었다.

"일본의 경의선 이용에 대한 일에 협조해 주신 것에 감사드립니다."

북한 지역을 관통하는 경의선 철도의 지분을 대부분 닉스 홀딩스 산하 기업들이 소유하고 있었지만, 북한을 다스리는 김평일 마음만 먹으면 경의선 철도 운항을 언제든지 중단시킬 수 있었다.

"하하! 나는 늘 언제나 강 회장님 편입니다. 하지만 이번 일은 조금 마음에 들지 않는 부분도 있습니다. 힘들게 완공시킨 경의선을 왜놈들이 이용하는 것이 우리에게 과연 어떤 이득이 있는지 말입니다."

김평일 주석은 평상시 일본을 왜놈이라고 불렀다.

"저희가 크게 이득을 얻었습니다. 신의주특별행정구에 있는 블루오션반도체가 일본의 반도체 소재 핵심 기업들을 이번 계약과 연관 지어서 인수할 수 있었습니다. 이들 소재 기업들은 반도체를 생산하는 데 있어서 아주 중요한 업체들입니다."

김평일에게 숨김없이 솔직히 털어놓았다.

"흠, 강 회장님께서 이득을 보았다니 다행입니다. 단지 반도체만을 위해서 계약을 체결하신 것은 아니시지요?"

김평일 주석은 예리한 질문을 던졌다.

단순히 반도체만을 위한 일이라면 경의선 이용은 너무 싼 가격이라 여겨졌기 때문이다.

"하하하! 역시, 주석님께서는 보는 눈이 다르십니다. 물론 반도체만을 위해 계약을 체결한 것이 아닙니다. 일본 내 금융 시장을 이용하여 일본이 가지고 있는 첨단 제조 기술을 가져오기 위해서입니다. 또 하나는 한일 해저터널을 통해서 일본의 국력을 쇠락시키기 위해서입니다. 한일 해저터널을 추진하는 정치인과 기업들은 일본 내에서도 극우 세력으로……."

일본의 극우 세력에 대한 설명과 경의선을 이용하여 한일 해저터널을 추진하게 하는 계획을 김평일에게 설명했다.

"이들이 몰락해야만 일본은 더는 한반도를 넘볼 수 없게 됩니다. 한일 해저터널로 인해서 일본은 더욱 몰락의 길을 걸어갈 것입니다."

"하하하! 정말 대단하십니다. 실익은 모두 취하고, 빈껍데기만 왜놈들이 가져가겠습니다."

"36년간 우리 민족에게 수탈해 간 것들을 제대로 받아내지 못했습니다. 더구나 진정한 사과도 말입니다. 이번 일은 하늘이 우리에게 준 기회입니다."

김평일에게 남한 내에 일본 극우와 연계된 정치인과 기업도 정리할 것이라는 말은 하지 않았다.

"하하하! 강 회장님은 진정 하늘이 낸 사람입니다. 강 회장님을 적으로 돌렸다가는 정말이지 뼈도 추리지 못할 것입니다. 저는 지금처럼 강 회장님이 하시는 일을 전적으로 밀어드리겠습니다."

"감사합니다. 이번에 인수한 일본 기업들의 공장을 신의주특별행정구로 옮길 것입니다. 일본에 돌아갈 이익이 없도록 말이지요."

신의주특별행정구에 조성된 반도체 단지에는 반도체 장비업체는 물론 소재와 부품 업체 들도 하나둘 들어오고 있었다.

신의주 반도체 단지는 전 세계에서 가장 거대한 반도체 생산 단지였다.

*　　　*　　　*

김평일 주석과 환담을 나눈 후 곧장 신의주특별행정구로 향했다.

북한의 수도인 평양도 확연히 달라졌지만, 평양을 벗어난 지역도 이전과 다르게 개량된 건물과 주택들이 더욱 늘어나 있었다.

도로 위를 달리는 차량도 많아지고 다양해졌다.

신의주로 향하는 기차 안에 탑승한 주민들의 모습도 활기가 가득했다.

몇 년간의 흉년으로 식량 공급에 어려움을 겪었던 북한은 미국과의 관계 개선에 힘입어 값싼 미국산 곡물을 수입할 수 있게 되었다.

신의주특별행정구와 주변 지역에서 벌어들이는 수익만으로도 북한 주민들에게 공급할 식량을 마련할 충분한 자금을 확보할 수 있었다.

이 때문에 이전처럼 밥을 굶는 북한 주민들의 숫자가 현저하게 줄어들었다.

더구나 누구나 부지런히 몸을 놀리면 돈을 벌 수 있는 환경이 하나둘 조성되기 시작했다.

여기에 김평일 주석은 정부 관리들의 부정부패에 대해 엄격하게 다루었다.

물자가 풍부해지자 기차에서 판매되는 물품들도 한국과 별반 차이가 없어졌다.

수백만 평에 달하는 넓은 반도체 단지 위로는 거대한 크기의 메모리 반도체 공장과 핸드폰에 들어가는 통신용 반도체 칩 공장이 우뚝 세워져 있었다.

그 옆으로도 가전과 산업용 제품에 들어가는 반도체 칩을 생산하는 공장들이 있었다.

그리고 공장들은 반도체 소재와 반도체 장비를 제작하는 공장들이 새롭게 세워지고 있었다.

여기에 비메모리 분야를 연구하게 될 중앙 연구소가 한창 마무리 공사를 하고 있었다.

닉스홀딩스는 블루오션반도체와 블루오션에 12조를 투자했고, 두 회사 또한 가지고 있던 7조 원의 현금을 시설과 연구 분야에 집중하여 투자했다.

이는 다른 경쟁사들의 2배가 넘는 공격적인 투자액이었다.

정부와 기업이 하나가 되어 반도체의 부흥을 다시금 외치는 일본과 메모리 반도체를 새로운 먹거리로 선택해 집중적으로 육성하는 대만은 정부 차원에서 자금을 지원하고 있었다.

올해와 내년이 메모리 반도체 치킨 게임의 승부가 가려지는 시기였기 때문에 두 나라 모두 투자를 멈출 수 없는 상황이었다.

"이곳도 빠르게 변화하는군요."

"예, 겨울이 오기 전에 중요한 공사들을 끝내려고 밤낮없이 공사를 진행하고 있습니다."

닉스E&C을 맡고 있는 박대호 대표의 말이었다.

박대호 대표는 남북한과 러시아를 오가며 닉스E&C가 진행하고 있는 공사들을 직접 챙겼다.

지금 진행하는 공사만으로도 닉스E&C는 5~6년은 충분히 먹고살 수 있었다.

"공기를 단축하는 것도 중요하지만, 하자가 발생하지 않아야만 합니다. 더구나 반도체 공장은 설계한 대로 정확하게 시공되어야 합니다."

"예, 다른 공사 현장보다도 더욱 신경을 쓰고 있습니다."

"신의주와 용인에 짓고 있는 공장들만 완공되면 경쟁사들이 더 이상 블루오션반도체를 따라잡기 힘들 것입니다."

"지금도 저희를 힘겨워하고 있습니다. 일본과 대만 쪽 메이커들도 서로 연합하지 않으면 안 될 정도로 수익성이 크게 악화되었습니다."

동행한 블루오션반도체 총괄 대표인 최영필의 말이었다.

다음 달이면 대만에 강진이 발생하여 현지 반도체 생산 업체들이 큰 피해를 볼 것이다.

지진의 진앙지인 난터우와 대만 반도체 업체들이 집중된 신주 지역과 얼마 떨어지지 않은 관계로 전력과 용수 공급이 중단되어 공장이 멈추는 사태가 일어났다.

반도체는 공장이 멈추는 순간 다시금 정상 조업을 재개하기까지는 적게는 수일에서 수개월이 걸린다.

더구나 이미 대만은 올 7월에 반도체 단지에서 발생한 20분간의 정전 사태로 상당한 피해를 입었고, 이로 인해 메모리 반도체의 수급 차질로 메모리 가격이 상승했다.

"대만의 D램 공급량이 어느 정도입니까?"

최영필 총괄 대표의 말에 고개를 끄떡이며 물었다.

"전 세계 공급량의 11%를 생산하고 있습니다. 작년까지 14%였지만, 저희가 3%를 가져왔습니다. 올해 7월에 발생한 정전 사태로 TSMC와 UMC와 거래하는 고정 거래처들이 저희에게 공급을 요청해 왔습니다."

"흠, 앞으로 더 바빠질 것입니다. 계획된 생산량보다 더 많은 메모리를 생산하도록 하십시오."

"메모리 가격이 제자리를 찾아가고 있는 상황에서 저희가 생산량을 늘리면, 상승하던 가격에 영향을 줄 수 있습니다."

6월만 해도 64메가 D램이 현물시장에서 4~5달러에 거래되었다. 하지만 지금은 15달러 선까지 가격이 회복된 상태였다.

메모리 가격 회복에는 대만 업체들의 정전 사태가 크게 한몫했다.

"상관없습니다. 조만간 우리에게 더욱 유리한 상황이 올 것입니다. 지금은 메모리 재고를 늘릴 때입니다."

"말씀대로 하겠습니다."

최영필 대표는 더는 내 말에 토를 달지 않았다.

그는 내가 어떻게 닉스홀딩스를 이끌어가는지를 잘 알고 있는 인물 중의 하나였다.

지금까지의 내가 내린 판단과 결정이 단 한 번도 틀리지 않았다는 것을 말이다.

"연구 인력 수급은 어떻습니까?"

"미국과 유럽에 유학 중인 학생들은 물론 러시아와 동유럽 출신의 학생들에게도 블루오션반도체에 대한 홍보를 지속적으로 진행하고 있습니다. 그 결과 우수한 학생들이 지원하고 있습니다."

"러시아와 동유럽은 재료공학과 물리학 분야가 강합니다. 석사과정에 있는 원석들을 놓치지 말고 찾아내십시오. 그들이 박사과정을 밟고 싶다면 성과를 낼 수 있게끔 물심양면으로 지원하시고요. 우리는 향후 10년이 아닌 100년을 내다보면서 인재를 키워 나가야 합니다."

"예, 회장님의 선견지명에 부족함이 없도록 노력하겠습니다."

단 한 명의 천재가 모든 것을 바꿀 수 있었다.

그 천재를 찾아내는 것이 블루오션반도체의 끝없는 변화와 발전을 이끌 원동력이었다.

그것은 나를 통해서도 입증되었고, MS사의 빌 게이츠나 애플의 스티브 잡스를 통해서도 보여주었다.

"자! 반도체 장비 공장으로 가봅시다."

내 말에 스무 명의 인물들이 함께 반도체 장비를 생산하는 공장으로 향했다.

*　　　*　　　*

정확하게 한 달 뒤, 새벽 1시 47분에 리히터 규모 7.6의 강진이 대만을 덮쳤다.

7.6의 강진이었던 것만큼 대만 전역이 흔들렸고, 수많은 사상자와 피해가 발생했다.

반도체 단지들이 모여 있는 신주 지역에는 통신이 끊기고 전기와 용수 공급이 중단되었다.

대만의 대표적인 반도체 업체인 TSMC와 UMC 등의 업체들은 정확한 상황이 파악되지 않았지만, 직접적인 피해는 없을 것이라는 식으로 발표했다. 그러나 현지 상황은 생각보다 심각했다.

더구나 TSMC와 UMC 등의 대만 업체가 위탁 생산하는 비메모리 반도체는 전 세계 물량의 3분의 1 수준이기 때문이다.

D램을 생산하는 업체들도 이번 지진으로 인해서 큰 피해

를 입은 것은 물론이고 자칫하면 한국 반도체 업체인 블루오션반도체와 현대전자와의 경쟁에서 밀려나게 되는 상황이 연출될 수도 있었다.

그러자 대만 업체들과 관계를 맺었던 바이어들이 한국으로 급하게 발길을 돌리고 있었다.

"정말이지 회장님의 말씀이 이런 식으로 이루어질 줄은 꿈에도 몰랐습니다."

블루오션반도체의 최영필 총괄대표는 놀란 표정으로 말했다.

정확히 한 달 전에 대만 업체들의 주력인 16메가D램과 64메가D램의 공급량을 늘리라는 주문을 했다.

대만 업체가 생산하지 않는 128메가D램도 생산량을 대폭 늘렸다.

"하하하! 회장님의 판단과 예측은 저희가 생각하는 범주를 넘어선 지 오래되셨습니다."

최영필 대표의 말에 김동진 비서실장이 답했다.

"대만에는 안된 일이지만 블루오션반도체가 더욱 날아오를 수 있는 상황이 되었습니다."

"예, 대만 지진의 여파로 대만 반도체 업체들이 당분간 정상 가동을 할 수 없다는 예측이 나오면서 64메가D램의 북미 현물시장 거래 가격이 17.23달러로, 전날보다 1.67달러 급등했습니다. 특히나 대만 반도체 업체들이 주로 생산하는 제품군의 가격이 배 이상 폭등했습니다."

하루 동안 1.67달러가 상승한 것은 최근 2년간 가장 높은 가격 상승세다.

더구나 가격 상승이 멈추지 않고 계속 이어질 것이라는 전망이 나오고 있었다.

"저희가 해당 제품을 가지고 있다는 이야기를 굳이 이야기할 필요성은 없을 것 같습니다. 가격 추이를 살펴보면서 시장에 조금씩 푸는 것도 나쁘지 않을 것 같습니다."

"고정 거래처와는 상관없는 물품들이기 때문에 시장에 푸는 것은 저희 마음대로 할 수 있습니다."

이미 메모리 반도체의 공급이 부족한 상황에서 대만 업체들이 생산이 중단되어 가격은 앞으로도 계속 상승할 것이다.

"128메가D램의 가격은 어떻습니까?"

블루오션반도체가 주력으로 삼고 있는 D램이었다.

"16메가D램과 64메가D램 공급 부족이 예상되기 때문에 128메가D램의 가격도 동반 상승하고 있습니다."

"흠, D램의 공급이 얼마나 부족할 것 같습니까?"

"64메가D램으로 보았을 때, 250만 개 정도가 올해 4분기까지 공급이 부족할 것입니다."

“이번 기회를 놓치지 않고 최대한의 이익을 가져와야 합니다. 고정 거래처에도 메모리 가격 상승분을 받아내야 합니다.”

“예, 일정 가격 이상이 넘어가면 새로운 계약을 체결하게끔 계약이 되어 있습니다.”

메모리 반도체 가격이 계약된 가격 범위 아래로 내려가거나 올라가게 되면 공급가격을 조정하게끔 되어 있었다.

그것이 쌍방에 이익이 되기 때문이다.

“새로운 거래처에 대한 공급에도 차질이 없게끔 준비를 철저히 하십시오.”

“예, 회장님 덕분에 미리 준비해 놓은 제품들이 있어서 올해와 내년 초까지는 문제없이 진행할 수 있습니다.”

대만 반도체 업체들이 가동을 멈추자 대만 업체와 거래하던 바이어들이 블루오션반도체와 현대전자를 찾아왔다.

하지만 현대전자는 고정 거래처들에 공급되는 물량 때문에 신규 바이어들에게 공급해 줄 여력이 없었다.

메모리 반도체를 확보해야 하는 바이어들은 비싼 가격에라도 블루오션반도체에서 안정적인 공급을 받고 싶어 했다.

가장 가격을 높게 부른 바이어들을 선별해서 계약할 수 있었다.

“이대로 가면 올해 블루오션반도체는 6조 원 이상의 순이익이 발생할 것 같습니다.”

김동진 비서실장의 말처럼 대만의 지진으로 인해 큰 반사이익을 얻게 된 것이다.

"더 많은 투자를 하기 위해선 현금을 더욱 마련해야 합니다. 그래야만 비메모리 반도체에 더욱 투자할 수 있습니다."

블루오션반도체는 국내의 어떤 기업도 해낼 수 없는 순이익을 올리고 있었다.

작년 말부터 시스템LSI와 주문형 반도체(ASIC), MCU, 알파 CPU 등에 집중 투자하고 있었다.

이 때문에 연구 개발 인력도 1,400명에서 2,100명까지 증원했고, 내년 말까지 3,000명까지 확대하기로 했다.

* * *

대만 반도체 업체들의 지진 피해가 예상했던 것보다 더욱 심각하다는 것이 알려지자, 메모리 가격은 더욱 폭등해 64메가D램이 20달러를 단숨에 돌파하여 22달러에 거래되었다.

더욱이 심각한 피해를 본 UMC와 파워 칩에서는 D램 사업 분야의 철수설까지 나오고 있었다.

세계 최대 주문형 반도체의 회사인 대만반도체 또한 피해가 심각했다.

원래의 역사보다도 대만 반도체 단지의 피해가 확대된 모습이었다.

피해 복구를 위해서는 적어도 2달 이상이 걸릴 것이라는 예상에 메모리 반도체 공급이 더욱 부족해질 수 있다는 시장의 우려가 나오고 있었다.

이러한 예측이 나오면서 블루오션반도체가 가져갈 반사이익이 더욱 커지고 있었다.

64메가D램 가격이 폭등하면서 27.45~29.69에 거래되었던 128메가D램의 가격이 하루 만에 10달러 이상 상승하면서 36.99~40.12달러까지 폭등했다.

올해 초만 해도 128메가D램은 40~45달러에 판매되었다가 19달러까지 폭락했었다. 하지만 대만 지진으로 인해 다시금 40달러를 회복한 것이다.

이로 인해 블루오션반도체는 몰려드는 주문으로 인해 생산설비를 최대한 가동하고 있었다.

이와 함께 소빈뱅크는 필라델피아 반도체 업종 지수(SOX)와 연관된 선물거래를 통해서 막대한 수익을 올렸다.

그와는 반대로 대만 지진을 예측하지 못한 미국과 일본 금융기관들은 큰 손실을 보았다.

Chapter 14

인터넷 광풍은 미국을 넘어 한국을 열광시켰다.

미국의 아마존과 아메리카온라인(AOL), 야후, 마이크로소프트, 애플로 대변되는 IT 기업들의 등이 내놓은 미래의 눈부신 사업 모델은 사람들에게 새로운 시대가 도래했음을 실감하게 했다.

이와 함께 미국에 PC를 소유한 가정이 1990년 전체의 15%에서, 1999년에 들어서면서 50%에 육박하게 되었다.

전문가와 미디어들은 기업 가치를 과거의 이익으로 평가하는 시대가 저물고 있음을 내세우며 정보 통신 기업들이 새로운 골드러시를 만들어냈다고 칭송했다.

나스닥에 상장한 IT 관련 주식들은 이러한 낙관적인 미래에 힘입어 연일 최고가를 경신하며 주식시장을 주도했다.

미국에 진출한 닉스아메리카와 소빈뱅크는 2백 달러를 넘어선 아마존의 주식을 조금씩 처분하기 시작했다.

일본의 소프트뱅크 자회사인 야후재팬도 미국의 야후 주식이 폭등하면서 1주에 2천만 엔(2억)을 넘어섰다.

일본의 야후재팬과 소프트뱅크, 히라카통신의 주가가 1,000% 가까이 상승세를 펼치며 시장을 주도하고 있었다.

유럽에서도 프랑스의 프랑스테레콤, 독일의 도이치테레콤, 스웨덴의 에릭슨, 러시아의 소빈페르콤 등의 정보 통신주와 인포뱅크, QXL, 볼피모어테크 등 인터넷주가 성장세를 이끌고 있었다.

전 세계를 인터넷과 정보 통신주가 주도하면서 IT 회사들이 광풍을 일으키고 있었다.

한국 또한 이러한 광풍에서 벗어날 수 없었다.

올봄 코스닥 시장에선 골드뱅크커뮤니케이션즈(골드뱅크)란 회사를 둘러싼 갑론을박이 한창이었다.

인터넷으로 광고를 보면 현금을 준다는 독특한 사업 모델로 투자자를 모으며 상장한 골드뱅크는 2월 초까지 15일 연속 상한가를 내달렸다.

이후 골드뱅크의 몸값이 4천억 원까지 치솟았다.

인터넷과 IT 기업들의 몸값이 하루가 다르게 변하고 있었다.

드디어 무료 인터넷 전화 사업으로 시장에 이슈를 만들었던 나눔기술도 8월에 상장했다.

상장 이전에 세 차례에 걸친 증자로 자본금을 배로 늘린 다음 200% 무상증자를 시행했다.

최초 상장 가격은 1,075원이었다.

상장된 이후 두 달간은 이렇다 할 변화가 없었고, 그 기간 동안 소빈서울뱅크는 나눔기술을 시장에서 사들였다.

"미국의 나스닥이 불이 붙었다는데, 코스닥은 조용하네."

"이제 슬슬 올라갈 것도 같은데."

마포에 있는 대우증권 객장에서 전광판을 바라보는 두 사내가 이야기를 나누고 있었다.

미국과 일본에서 들려오고 있는 IT 기업들의 주식 가격이 연일 최고치를 경신했다는 소식이 언론을 통해 소개되었다.

장외거래 주신인 일본의 야후재팬은 이틀 사이 2,800만 엔(약 2억 8천만 원)이 올랐다는 놀라운 소식이 전해졌다.

미국 야후가 예상을 뛰어넘는 큰 폭의 흑자를 냈다는 소식이 전해지자 도쿄 장외시장에서 사자 주문이 폭주해 이틀 사이 2억 8천만 원이 올라 6천만 엔(약 6억 원)에 장을 마감했다.

이에 따라 도쿄 증시 1부에 상장된 모회사인 소프트뱅크 주식도 상승 제한 폭인 2천 엔까지 올라 1만 8,250엔을 기록했다.

"그래서 뭐 좀 담아놨어?"

증권 객장에서 만나서 친해진 김덕영이 이영석에게 물었다. 두 사람 다 50대 초반이었다.

"나눔기술을 좀 샀는데, 이게 영 엉덩이가 무겁네."

"인터넷 전화?"

"그래, 인터넷만 들어가면 요새 난리잖아."

"하하하! 그래도 나눔기술은 아닌 것 같던데……."

이영석의 말에 크게 웃던 김덕영이 말을 멈췄다.

"왜 그래?"

"저기."

김덕영이 손가락을 가리킨 곳을 이영석이 쳐다보았다.

"어! 나눔기술이 움직이네."

오전장까지 전혀 움직임이 없었던 나눔기술이 순식간에 5%나 급등하면서 위로 빠르게 치솟고 있었다.

나눔기술은 매수자들을 기다려 주지 않은 채 5분도 되지 않아서 상한가로 직행했다.

상한가 잔량이 150만 주였다.

나눔기술은 다음 날에도 상한가를 기록했다.

*   *   *

"미국의 IT 관련 주식들의 상승률이 대단합니다. 아마존과 아메리카온라인(AOL)이 100달러를 넘어섰습니다. 이베이와 야후는 200달러를 돌파했습니다."

소빈베어스턴스를 책임지고 있는 존 스콜로프의 말이었다.

아마존의 현재 주가는 105달러였고, AOL은 154달러, 이베이는 208달러, 야후는 218달러, E트레이드는 58달러였다.

"이대로의 추세라면 야후와 이베이는 300달러를 충분히 넘어설 기세입니다."

모스크바 금융센터의 소로킨이 이어서 말했다.

"비중을 줄이고 있나?"

"예, 모스크바, 런던, 서울, 도쿄, 홍콩, 뉴욕의 국제금융센터가 가지고 있는 해당 기업들의 주식을 팔고 있습니다. 고무적인 실적을 기록한 야후와 AOL은 조금 더 가져갈 생각입니다. 야후는 3·4분기 매출이 3억 8,750만 달러를 기록했습니다. 이는 지난해 기록한 1억 5,380만 달러보다 252%나 늘어난 실적입니다. 수익 증가율은 놀랍게도 8,520만 달러로 전년 동기 190만 달러보다 4,484% 늘어났습니다. AOL도 3·4분기 1억

8,400만 달러로……."

런던 국제금융센터을 맡고 있는 티토바가 말했다.

전자상거래의 대표 기업으로 떠오른 아마존은 3·4분기 8,600만 달러의 손실을 기록했다.

지난해 같은 기간 2,400만 달러보다 358%나 적자 폭이 커진 것이다.

온라인 주식 매매 중개 업체인 E트레이드도 3·4분기 2,670만 달러의 손실을 보았고, 전년 동기 1,520만 달러보다 175%나 늘어났다.

인터넷 경매 업체 이베이는 3·4분기 140만 달러 흑자를 보았지만, 이는 주당 1센트에 불과한 수익이다.

그러나 야후와 세계 최대 인터넷 접속 서비스 업체인 아메리카온라인(AOL)은 달랐다.

두 회사 모두 작년과 비교해 고무적인 매출과 수익 증가율을 기록했다.

야후와 AOL의 실적은 인터넷과 IT 주식의 거품 논쟁 속에서도 투자자들이 해당 주식들에 대한 미련을 버리지 못하는 이유였다.

"야후와 AOL이 보여준 세 자릿수에 달하는 성장률은 정보혁명 전에 미국 경제를 주도해 온 제너럴 모터스나 포드 자동차로서는 상상할 수 없는 것입니다."

소빈서울뱅크의 그레고리의 말처럼 두 자리도 아닌 세 자릿수의 성장률은 기존의 굴뚝 기업들로는 생각조차 할 수 없는 놀라운 성장률이었다.

이러한 성장률은 투자자들의 기대를 한층 더 강화해 주는 요인으로 작용했다.

더구나 컴퓨터 가격의 지속적인 하락으로 인해 더 많은 사람들을 온라인으로 끌어들이고 있다는 점도 인터넷 업체에는 그야말로 무궁무진한 시장이 열려 있다는 것으로 받아들여졌다.

"또한, 현재의 기업 가치보다 미래의 잠재적인 성공 가능성에 사람들은 주목하고 있습니다. 야후나 AOL도 적자를 지속하던 기업들이었습니다."

"흠, 그럴 수밖에 없을 거야. 96년 12월에 야후의 주가가 얼마였지?"

"2달러 60센트였습니다. 그동안 3차례의 주식 분할이 있었습니다."

야후는 1996년 4월 12일에 나스닥에 상장했다.

주식 발행 가격은 주당 13달러였지만 개장 첫날 주문이 몰려 한때 43달러까지 치솟았다가 33달러로 마감했다.

그 이후 가격 조정을 거쳐 12월에는 3달러 아래로 떨어졌다.

"2년 10개월 만에 3달러 아래에서 놀던 야후가 218달러까지 상승했다는 것은 사람들을 흥분시키기에 충분하지. 더구나 3차례의 주식 분할을 고려하면 700배나 오른 것이니까."

야후의 주가는 지금보다 더욱 올라 12월에는 340달러를 돌파했고, 2000년 1월에는 4백 달러를 넘어섰다.

"저희처럼 최저점에서 주식을 담은 곳은 없습니다."

존 스콜로프의 말처럼 미국 시장을 주도하고 있는 인터넷주와 정보 통신주들을 최저점에서 사들인 곳은 소빈뱅크가 유일했다.

더구나 아마존, 이베이, AOL, 애플, 야후의 지분을 25% 이상 가지고 있었다.

이들 회사의 지분을 넘기기 위한 협상도 별도로 진행 중이었다.

"오랜 기다림이었지. 이번 상승기에 우리는 최대한의 수익을 올려야만 한다. 그래야만 웨스트와 이스트에게 한층 더 큰 타격을 줄 수 있으니까."

닷컴 버블은 룩오일NY와 닉스홀딩스를 지금보다 더 거대한 기업으로 만들어줄 것이다.

두 그룹이 가지고 있는 현금들은 지금 나스닥과 코스닥은 물론 전 세계 증시에 투자되고 있었다.

*　　　*　　　*

나눔기술의 대표를 맡고 있는 이중호는 책상에 올려놓은 컴퓨터를 바라보았다.

"하하하! 오늘도 상한가를 갈 것 같아."

이중호의 친구이자 나눔기술의 재무기획이사인 박성호가 큰 소리로 웃으며 말했다.

나눔기술이 첫 상한가를 기록한 이후 오늘로 6일 연속 상한가였다.

골드뱅크가 기록한 15일 연속 상한가에는 아직 멀었지만, 지금의 시장 분위기로 볼 때 상승세는 멈추지 않을 것이 분명했다.

"후후! 이제 시작일 뿐이야. 어제 명동 쪽에서 연락이 왔다."

"뭐냐? 작전이라도 걸겠다는 거야?"

박성호가 눈이 커지며 물었다.

"작전을 걸지 않아도 나눔기술은 계속 상승할 거야. 하지만 우리가 예상한 가격보다 더 높은 고지로 향하려면 약간의 양념은 필요하잖아."

"하하하! 역시! 넌 생각이 남들이랑 달라."

"하하하! 그래서 내가 나눔기술의 대표가 되었겠지."

"하하하! 네 말이 맞다. 얼마를 생각하고 있는데? 2만 원?"

현재 나눔기술의 주가는 4,100원을 돌파한 상태였다.

"고작 2~3만 원을 위해서 이 고생을 하겠어?"

"2만 원도 다른 코스피 종목하고 비교하면 20만 원이야."

나눔기술은 상장 이전에 세 차례에 걸친 증자로 자본금을 배로 늘린 다음에 200% 무상증자를 시행했다.

그 때문에 나눔기술의 액면가도 5,000원이 아닌 500원이었다.

"그래서 넌 배포가 작다는 소리를 듣는 거야. 명동 쪽에서도 내가 이야기한 10만 원까지 충분히 올릴 수 있다고 했다."

"뭐! 10만 원? 정말, 가능한 거야? 이제 4천 원을 넘었는데."

"물론 재료가 필요하지. 아주 강력한 재료 말이야."

비이상적으로 주식이 상승하더라도 추세를 이끌 재료가 필요했다.

"그게 뭔데?"

"아버지가 나눔기술에 투자하신다고 했다."

"대산그룹이 투자한다고?"

"나눔기술의 무한한 가능성을 본 것이지. 진작에 투자를 했으면 소빈서울뱅크가 가져가는 이익을 대산이 가져가겠지만 말이야."

나눔기술이 자금난을 겪고 있었을 때 대산그룹 또한 구조조정이 한창이었다.

나눔기술에 대한 투자 여력을 전혀 갖추지 못했다.

이중호 또한 그런 상황 때문에 대산그룹의 문을 두드리지 않았고, 소빈서울뱅크에서 투자를 받았다.

그러나 지금 미국과 유럽, 그리고 일본까지 전 세계가 인터넷과 IT 기업들에 열광하며 새로운 미래를 열고 있었다.

한국 또한 그 열기가 넘어왔고 그 중심에 나눔기술이 포함되었다.

"하하하! 지금이라도 늦지 않았어. 대산이 투자하면 이미 끝난 이야기잖아."

박성호의 말처럼 대산그룹은 다시금 떠오르는 태양처럼 탄탄한 자금력을 갖추었다.

로스차일드사와 도쿄미쓰비시은행에서 투자를 끌어냈기 때문이다.

그 때문에 대기업 중 닉스홀딩스 다음으로 자금력이 풍부하다는 소문이 돌고 있었다.

"그래, 더는 나눔기술에 투자하지 않겠다는 소빈서울뱅크보다는 대산이 우리에게는 훌륭한 투자 파트너지. 하여간 명동 쪽에서 11월까지 3만 원을 만든다고 했으니까, 섣불리 던지지 마."

"물론이지. 어디서 달러 빚이라도 얻어서 더 살 테니까, 걱정하지 마라, 하하하!"

이중호의 말에 박성호가 큰 소리로 웃었다.

나눔기술을 비롯하여 코스닥의 대표 종목들인 싸이버텍, 다음, 장미디어, 마크로젠, 한글과컴퓨터, 로커스, 미디어솔루션, 대양이엔씨, 디지털조선 등이 움직이기 시작했다.

*　　　*　　　*

인터넷을 통한 주식거래 열풍은 미국은 물론 한국도 마찬가지였다.

미국 주식시장과 한국의 주식시장이 활황세를 타면서 근무에 지장을 줄 만큼 주식에 빠진 스톡 홀릭(주식 중독증) 증후군에 빠진 직장인이 크게 늘어나고 있었다.

스톡홀릭은 말 그대로 주식에 지나치게 몰입하여 일에 지장을 줄 정도로 빠진 사람을 말한다.

연일 코스닥과 거래소의 종목들이 상승하자 직장인들은 근무 시간에 몰래 켜놓은 인터넷 주식 창을 통해서 자신이 가지고 있는 주식 종목의 시세를 실시간으로 체크했다.

초고속 인터넷이 깔리면서 실시간으로 주식거래가 이루어지며 나타난 풍경이었다.

미국은 인터넷을 통한 주식거래가 25%를 넘어섰다.

국내 증권사들도 저마다 새로운 수익 창출과 경쟁력 강화를 위해 인터넷 거래를 활성화하면서 앞다투어 투자했다.

회사들은 근무 시간에 주식거래를 하지 말라고 경고했지만, 코스닥의 놀라운 상승세로 인해서 주식거래가 유행처럼 번지자 직장인들도 주식에 빠져들고 있었다.

대기업들은 이러한 직장 내의 증권 거래를 막기 위해서 사내 통신망에서 모든 증권 사이트를 원천 봉쇄 하고, ARS를 통한 전화 거래까지 추적했다.

닉스홀딩스 산하 계열사들도 증권 사이트를 폐쇄하는 조치가 취해졌다.

그러자 가정마다 속도가 빠른 인터넷 전용선(ISDN) 설치가 큰 폭으로 늘어났다.

직장인들은 회사에서 집으로 전화를 걸어 주가를 확인하는 모습이 일상이 되었다.

인터넷 전용선 설치를 한 40%가 주식거래를 위해서라는 조사가 나올 정도로 주식에 대한 광풍이 불어닥쳤다.

"나눔기술이 오늘은 잠잠하네."

"9연상을 했지만 말이야, 내가 예상했던 것보다 조금 부족해."

새롬기술은 9일 동안 상한가를 기록한 후 횡보하고 있었다.

무섭게 올라서던 때에는 상한가가 한 달 내내 지속될 것처럼 보였다.

"이런! 9일 상한가로 한몫 챙겼으면 됐지. 이런 좋은 장에서 난 손해만 봤다니까."

"그렇게 코스닥을 하라고 했잖아. 요즘 누가 거래소 주식을 사."

증권사 객장에 모인 사람들은 저마다 코스닥 종목을 통해서 돈을 번 이야기로 꽃을 피우고 있었다.

미국의 나스닥이 매일 신기록 행진을 기록하고 있는 것처럼 한국의 코스닥 시장도 연일 급등세를 보이며 코스닥 지수 또한 사상 최고치를 기록 중이었다.

"신문에서 거품이라고 하니까 그랬지."

"언제부터 신문사가 하라는 대로 했어. 주식 투자는 말이야, 배짱으로 하는 거야. 위험이 따르지 않으면 수익도 크지 않아."

나눔기술로 투자액의 3배를 번 민호준이 주식 전문가처럼 호기 있게 말했다.

1천만 원이 3천만으로 늘어나는 데 걸린 시간은 채 보름도 걸리지 않았다.

"후! 진작에 자네 말을 들었어야 했는데 말이야. 내가 너무 소심해서 말이야."

민호준을 따라 증권 객장에 나오기 시작한 안중구가 짧은 한숨을 쉬며 말했다.

"지금이라도 늦지 않았어. 내가 사라는 종목에 투자해. 그럼, 적어도 2배는 먹을 테니까."

민호준은 자신감이 넘쳐났다.

"나눔기술에 말이야?"

"나눔기술은 여기까지고. 어디 보자, 저게 좋겠네. 터보테크를 사."

민호준은 전광판에 적힌 코스닥 종목들을 손으로 하나하나 짚어가면서 살폈다.

"정말 2배로 오를까?"

"어허! 날 뭐로 보고. 나중에 또 후회하지 말어."

"알았어. 내 자네만 믿네."

민호준과 안중구처럼 증권 객장에서 사람들의 관심은 온통 코스닥으로 향했다.

코스닥은 지난해까지 정보 확보가 빠른 기관이나 큰손들만이 관심을 가졌었지 소규모 개인 투자자들에겐 투자 대상이 아니었다.

그러나 올해 들어 미국 나스닥의 활황과 함께 산업의 축이 전 세계적으로 정보 통신과 인터넷 등 하이테크 산업으로 옮

겨 가고 있었기 때문에, 코스닥에 대한 열풍이 개인 투자자들에게까지 전달된 것이다.

여기에 코스닥 등록 기업에게 법인세 감면 혜택을 주고, 등록 요건을 완화해 대형 기업의 등록 길을 열어준 정부의 코스닥 지원 육성책도 한몫했다.

올해 코스닥 시장 규모는 1998년 대비 4.6배로 크게 성장했다.

*　　　　*　　　　*

소빈서울뱅크는 9일 상한가를 기록한 나눔기술을 장내에서 계속해서 사들였다.

한 달간의 횡보 이후 다시금 본격적인 상승세를 펼칠 것이라는 것을 알고 있었기 때문이다.

"자금을 얼마나 준비하셨습니까?"

나눔기술의 재무기획이사인 박성호가 대표인 이중호의 지시로 롯데호텔 커피숍에서 한 사내를 만났다.

"1차로 50개 준비했습니다."

"50억 정도로 충분합니까?"

"후후! 1차로 만 원 정도 올리면 개미들이 자연스럽게 따라

붙습니다."

박성호의 말에 선글라스를 낀 40대 초반으로 보이는 사내는 커피 잔을 내려놓으며 말했다.

그의 이름은 이동영이었다.

"언제 시작할 예정입니까?"

"어느 정도 수량을 확보해야 시작될 것입니다. 한 가지 부탁할 것은 작전이 들어갔을 때, 대주주 물량이 출하되면 안 됩니다. 저희가 예상하는 수량과 자금 내에서 움직여야 하기 때문입니다."

"알겠습니다."

"그리고 공시를 낼 때도 저희에게 사전에 연락을 주셔야 합니다. 그래야 서로 시너지를 낼 수 있으니까요."

"그렇게 하겠습니다. 그런데 작전이 실패한 경우는 없습니까?"

"모두 다 성공할 수는 없습니다. 공들인 만큼 성과가 나오지 않는 것도 있으니까요. 하지만 나눔기술은 충분히 성공할 수 있습니다. 이미 9연상을 보냈으니까요."

나눔기술의 작전 세력은 자신들이 계획한 대로 나눔기술의 주가를 상승시켰다.

"골드뱅크도 성공시켰다고 들었습니다. 굳이 9일 상한가로 끝마친 이유라도 있습니까?"

박성호는 내심 골드뱅크가 기록한 15일 연속 상한가를 깨버리길 바랐다.

코스닥은 상한가 제한폭이 15%인 거래소와 달리 12%였다. 대신 최소 거래 단위가 10주가 아닌 1주였다.

"하하하! 골드뱅크보다 더 크게 먹어야 하지 않겠습니까. 이유 없는 상한가는 자칫 독이 됩니다."

"그렇습니까?"

"맛있는 음식도 포장이 잘되면 더 맛이 있듯이 주식도 마찬가지입니다. 저희가 작업에 들어가기 전에 증권사에서 양념을 맛있게 쳐주고, 언론에서도 그럴싸하게 포장을 해주어야만 합니다. 작전에 성공하기 위해서는 저희만 움직여서는 힘듭니다."

"그럼, 증권사 직원들과 기자들도 만나신다는 말이네요."

"궁금한 게 많으신 것 같습니다."

"아, 미안합니다. 제가 호기심이 좀 많습니다."

"하하! 아닙니다. 같이 가야 할 동지니까 말해 드리지요. 저흰 경찰과 검찰은 물론이고 금감원까지 챙깁니다. 이 정도까지 말해 드리면 이해하시리라고 생각됩니다."

"아! 무슨 말씀인지 알겠습니다."

"그리고 저흰 아무 종목이나 작전을 진행하지 않습니다. 1년에 1~2개 종목만 건드리지요. 대신 확실하게 올려놓습니다."

이동영은 자신감 넘치는 어투로 말했다.

"확실하게 말씀해 주시니 믿음이 갑니다. 앞으로 잘 부탁합니다."

이동영의 말에 박성호는 확신이 들었다.

그의 팀이 나눔기술을 대박으로 이끌어갈 것이라고.

Chapter 15

일본에 소빈신용정보가 설립되었다.

소빈뱅크가 인수한 사쿠라은행에서 취급했던 채권 추심 업무를 소빈신용정보가 넘겨받았다.

소빈신용정보는 사쿠라은행이 대출하여 회수가 불확실한 부실채권에 대한 회수와 함께 은행 거래에 필요한 기업과 개인에 대해 신용 평가를 진행했다.

부실채권은 일반적으로 3개월 이상 연체된 대출 채권 또는 원리금이 정상적으로 상환되지 않는 대출 채권을 말한다.

소빈신용정보는 이러한 부실채권을 소빈사쿠라은행에서 원

가격의 10~20% 가격으로 매입했다.

먼저 소빈사쿠라은행이 가지고 있는 부실채권만을 사들였다.

하지만 소빈신용정보는 앞으로 부실채권으로 골머리를 안고 있는 일본 시중 은행들에서도 채권을 사들일 계획이다.

소빈신용정보는 이러한 부실채권을 이용하여 일본 기업들의 정보를 파악했다.

앞선 기술력과 특허를 가지고 있는 기업들이 일본 내 경기침체와 경영상의 문제로 인해서 상당수 부도 위기에 몰린 경우가 많았기 때문이다.

소빈신용정보는 앞선 기술력이 있는 기업에 채권 추심을 진행하면서 기업이 가지고 있는 특허권 인수를 최우선으로 했다.

이와는 별도로 뛰어난 기술력을 갖춘 기업은 닉스홀딩스와 룩오일NY 산하 기업들을 연계시켜 기술이전을 받게 하는 작업을 진행했다.

그에 대한 대가는 채권을 면제해 주는 것이었다.

이와 함께 특허권을 인수한 이후에는 NS코리아를 통해서 북미는 물론 전 세계에 국제 특허를 진행했다.

이러한 특허권 인수는 일본만이 아니라 미국과 유럽에서도 진행하고 있었다.

파산한 회사의 특허를 전문적으로 인수하는 팀이 NS코리아에 만들어졌고, 조만간 분사할 예정이다.

특허 괴물로 불리던 유니록(Uniloc)보다 먼저 닉스홀딩스가 움직였다.

특허 관리 금융회사인 NPE는 특허를 수익 창출의 수단으로 사용하는 비제조 특허 전문 회사를 말한다.

NPE는 급격한 산업 환경의 변화로 촉발된 지식재산의 중요성을 이용한 새로운 비즈니스 모델이다.

특허 관리 금융회사는 닷컴 버블의 붕괴를 통해 등장했다. NPE는 닷컴 버블의 붕괴로 파산한 회사의 특허를 인수하여 이를 기반으로 기업들에 소송을 통해서 돈을 벌었다.

이러한 소송 금액은 천문학적인 액수였고, 기업에 있어 큰 부담 거리로 등장했다.

"소빈신용정보가 안정적으로 채권 회수와 특허권을 인수하고 있습니다."

소빈사쿠라은행을 책임지고 있는 데이비드 최의 말이었다.

데이비드 최는 소빈사쿠라은행의 합병과 구조 조정을 진두지휘하며 가장 바쁘게 움직이고 있었다.

은행 간의 합병은 쉬운 것이 아니기 때문에 유럽의 인원들이 대거 투입되었다.

"반발은 없었나?"

"예, 의외로 반발은 적었습니다. 솔직히 저도 순순히 자신들의 핵심을 내어줄 것인가를 염려했었지만, 기우에 불과했습니다."

"흠, 일본 국민의 속성이라고 해야 하나. 강한 자에게는 한없이 약한 모습을 보이는 것 말이야."

소빈신용정보를 돕기 위해 코사크도 일본에 진출했다.

채권 추심에 따른 반발과 혹시나 있을 야쿠자와의 연계를 염려해서였다.

"그건 저도 일본에서 생활하면서 피부로 느끼고 있습니다. 소빈신용정보가 외국계 회사라는 점도 일본인이 받아들이는 느낌이 다른 것 같습니다."

"소빈신용정보가 실적을 보이면 일본의 다른 은행들도 생각을 달리할 거야."

"예, 은행 자체에서 해결하려고 하다 보니, 실질적인 채권 회수에 대한 행동력이 무척이나 약한 면이 있었습니다. 전화를 몇 번 해보고는 부실채권으로 넘기는 경우가 대부분이었습니다."

은행과 기업 간의 대출은 정상적인 절차도 있었지만 그렇지 못한 경우도 다반사였다.

그러다 보니 은행마다 채권 회수가 원활하지 않았다.

"정부 관료의 눈치를 너무 살피는 것이 일본 은행들의 문제야. 그 덕분에 우리가 사쿠라은행을 인수할 수 있었지만 말이야. 사쿠라은행의 구조 조정은 잘 진행되고 있나?"

"예, 기존 사쿠라은행과 거래하던 기업들 하나하나 대출이자를 일률 적용하여 재조정했습니다. 불필요한 인력들도 재배치와 지점 합병을 통해서 현재까지 2,500명을 줄였습니다. 내년까지 6,500명을 감축할 예정입니다."

"잘하고 있어. 우리가 추구하는 것은 일본이 가진 잠재력과 영향력을 줄이는 것임을 명심해야 해."

데이비드 최는 닉스홀딩스와 룩오일NY의 몇몇 최고 핵심 관계자만 알고 있는 동북아 패권 변화 계획을 아는 인물이다.

"물론입니다. 회장님과 저희가 하지 못한다면 앞으로 영원히 할 수 없을 것입니다."

"일본의 국력이 쇠락해야만 남북한의 통일과 간도는 물론 동북 3성이 우리 손에 들어올 수가 있지. 이번 기회를 통해서 일본이 가진 기술력과 자산을 철저하게 빼앗아 와야 해."

데이비드 최의 말에 고개를 끄덕이며 미래의 계획을 말했다.

그 누구도 생각하지 못했던 원대한 꿈을 말이다.

* * *

이중호는 남산에 자리 잡은 닉스호텔 수영장에서 수영했다.

닉스호텔 수영장은 온수풀로 사계절 내내 수영할 수 있는 장소였다. 더구나 국내 다른 호텔과 달리 27층에 자리 잡은 인피니티 수영장에서는 남산을 한눈에 바라볼 수 있었다.

그 때문에 멋진 청춘 남녀들이 닉스호텔을 찾아 수영을 즐겼다.

닉스호텔 헤리티지 클럽 회원권은 대한민국 1%만이 누릴 수 있는 노블레스 멤버십 클럽으로 알려졌다.

정치와 경제를 주름잡는 인사들은 물론이고, 문화·예술계에서 이름을 날리는 유명 인물들도 닉스호텔 헤리티지 클럽 회원에 이름을 올렸다.

상류사회를 대변하는 곳이 된 헤리티지 클럽 회원은 닉스호텔의 각종 편의 시설 이용은 물론이고 전 세계에 퍼져 있는 닉스호텔을 이용할 때에도 특전이 주어졌다.

여기에 닉스병원과 연계되어 건강관리를 받을 수 있었기 때문에 인기가 상당했다.

하지만 회원권 가격이 1억 원이 훌쩍 넘어갈 뿐만 아니라 매년 1천만 원에 가까운 연회비를 내야만 하는 부담 때문에 일반 서민들은 접근하기 힘들었다.

더구나 회원 가입 조건이 무척 까다로워 호텔 내부 심사를 통과해야만 클럽 회원에 가입할 수 있었다.

돈만 있다고 해서 가입할 수 있는 것이 아니었다.

이중호는 나눔기술 상장을 기념하기 위해 닉스호텔 헤리티지 클럽 회원에 가입했다.

"역시, 한국에서 이만한 곳이 없어."

이중호는 수영을 마치고 느긋하게 선베드에 누워 아름다운 남산의 풍경의 바라보았다.

그의 옆에는 늘씬한 몸매를 자랑하는 한수연이 멋진 선글라스를 끼며 망고 주스를 마시고 있었다.

"이곳만 오면 다른 세상인 것 같아. 다들 여유롭고 즐거운 표정들이야."

"어중이떠중이들이 올 수 있는 곳이 아니니까."

한수연이 건네준 망고 주스를 마시는 이중호의 목소리는 자신감이 넘쳐났다.

나눔기술을 성공적으로 상장시키고 난 후부터 이중호는 이전에 자신감 넘치는 모습으로 돌아왔다.

코스닥의 대표적인 기업으로 떠오른 나눔기술은 대외적으로도 유명세를 떨치고 있었다.

"하긴 복잡하지가 않아서 좋아. 수영장도 멋져서 수영할 맛이 나니까."

"돈을 들인 만큼 대접을 해주는 곳이잖아. 닉스하얏트도 멋지지만 난 이곳이 더 끌려."

"멋진 풍경을 바라보며 수영할 수 있는 곳은 이곳뿐이잖아."

한수연도 이중호의 말에 동감한다는 듯이 말했다.

닉스호텔 수영장은 모두 세 곳이었지만 27층에 자리 잡은 인피니티 풀이 가장 인기가 높았다.

수영장을 찾는 사람들이 많았기 때문에 헤리티지 클럽 회원을 우선하여 입장시켰다.

그러다 보니 닉스호텔 인피니티 풀을 상시 이용하는 것만으로도 신분 차이를 느낄 수 있었다.

"닉스홀딩스가 하는 일을 보면 사람들의 욕구를 정확히 알고 있는 것 같아. 국내에 이런 시설의 호텔을 만들 줄 누가 알았겠어."

"외국에서도 쉽게 볼 수 없는 호텔이야. 미국과 홍콩을 방문했을 때도 닉스호텔을 찾게 되더라고."

"시설과 서비스가 남다르잖아. 나도 닉스호텔을 이용하고 나서부터 다른 호텔을 이용하지 않고 있어. 뭐랄까, 특급 호텔인데도 닉스호텔과 비교하면 일반 관광호텔 느낌이 드니까."

"맞아, 이곳은 느낌 자체가 달라. 확실히 대접받는 느낌에 공주가 된 것 같으니까."

"앞으로도 쭉 공주처럼 살 건데. 그동안 못난 모습을 보였던 건 잊으라고."

이중호가 한수연 쪽으로 몸을 돌리며 말했다.

"난 오빠의 그런 인간적인 모습이 나쁘지 않았는데. 실패와 역경을 이겨내고 다시금 성공한 모습도 멋지고."

"그렇게 생각해 주니까 고마운데. 하지만 다시는 그런 실패는 두 번 다시 하고 싶지 않아. 실패는 성공의 어머니라고 하지만 그로 인한 절망을 겪어보지 못한 사람은 그 느낌과 기분을 이해하지 못해."

"내가 오빠를 왜 다시 만나기로 했는지 알아?"

"글쎄, 원래의 나로 돌아와서?"

"아니, 오빠가 실패자로 끝나지 않았기 때문이야. 누구나 다 실패를 겪지는 않겠지만, 오빠처럼 스스로 다시 일어나는 모습을 보여주는 사람도 많지 않잖아. 더구나 스스로 일어나는 과정에서 대산그룹 후계자인데도 아버지의 도움을 일절 받지 않았잖아. 그러한 과정에서 몸에 밴 오만함도 사라졌고."

"후후! 수연이한테 칭찬을 다 듣네."

"칭찬받을 만한 일을 했을 때는 해야지. 오빠의 눈매가 이전보다 아주 부드러워졌다는 것도 알아둬."

"뭐냐? 이전에는 그렇게 보기 싫었던 거야?"

"보기 싫었던 것은 아니었지만, 지금보다는 아니었어."

"하하하! 그래도 나아졌다니, 다행인데."

"이거 봐. 이런 여유도 전에는 없었어."

그때였다.

나눔기술의 재무기획이사이자 친구인 박성호가 두 사람의 곁으로 걸어오며 물었다.

"뭐가 그리 재미있는데?"

그의 곁에는 눈에 띄는 미모의 여자가 함께했다.

요즘 드라마와 영화에서 자주 눈에 띄는 이주원이라는 신인 배우였다.

"하하! 어서 와라. 요즘 수연이 때문에 웃는다."

"늦으셨어요."

"미안합니다, 제수씨. 이 친구가 치장하는 데 시간이 좀 걸려서요."

박성호는 자신의 옆에 있는 이주원을 가리키며 말했다.

"아이! 오빠. 제가 뭘 치장했다고."

박성호의 말이 난감했는지 이주원은 콩닥콩닥 뛰며 어쩔 줄을 몰라 했다.

"하하하! 얼마나 더 예뻐지려고 그래."

그런 모습이 우스웠는지 이중호가 크게 웃으며 말했다. 나눔기술이 코스닥에 상장하고 주가가 크게 오르자 이중호는 물론이고 박성호에게 수많은 여자가 러브 콜을 보냈다.

그러는 중에 박성호와 이주원이 연결되었고 뜨거운 관계로 발전했다.

박성호는 신인 배우인 이주원을 후원해 주고 있었다.

"주원 씨는 화장하지 않아도 예뻐요."

"감사해요. 언니가 그렇게 말해주시니, 정말 좋아요."

이주원은 재빨리 한수연의 팔짱을 끼며 말했다.

그녀는 이중호와 한수연이 어떤 사람들인지 잘 알고 있었다. 자신과 다른 계층의 사람들을 만날 기회가 흔치 않다는 것도 말이다.

더구나 성공 가도를 달리고 있는 박성호와 같은 멋진 남자를 만나는 것도.

*　　　*　　　*

강남역에서 출발해 삼성동, 역삼동, 대치동, 서초동을 관통하는 강남의 테헤란로는 금융가로 소문났었지만, 지금은 정보통신 업체와 인터넷 관련 업체들이 하나둘 자리 잡기 시작하면서 정보 통신 메카로 떠올랐다.

230여 개가 넘어서는 IT업체와 벤처기업들이 몰려 있는 테헤란로는 한국의 실리콘밸리로 불리기 시작했다.

여기에 대기업의 연관 계열사들도 테헤란로로 몰려들었다.

IMF 관리 체제 아래에서 한국이 새롭게 도약하기 위해서 선택한 인터넷과 정보 통신 분야는 가능성을 보여주고 있었다.

이곳 테헤란로에는 사람과 정보, 그리고 돈이 몰려들고 있었다.

대략 2천 개에 가까운 각종 벤처기업과 증권회사, 은행, 창투사, 벤처 캐피털사 등 금융권이 주변에 포진했다.

여기에 새롭게 대기업 주도로 벤처 인큐베이터 센터들도 잇달아 개설되고 있었다.

벤처 인큐베이터 센터는 막 태동하는 벤처기업들이 기반을 다질 수 있도록 여러모로 지원해 주는 센터였다.

한국의 빌 게이츠와 일본의 손정의를 꿈꾸는 벤처기업들이 대규모로 유입되자 사무실 임대료가 전국에서 가장 비싼 곳이 되어버렸다.

그런 것에도 아랑곳하지 않고 기업과 사람이 몰리는 이유는 코스닥에 상장한 기업마다 대박을 터뜨리고 있었고, 스톡옵션으로 주식을 받은 임직원들이 돈방석에 앉았다는 소식이 계속해서 들려왔기 때문이다.

주식으로 자기가 받는 연봉에 수십 배에서 수백 배까지 돈을 번 직장인들이 나오고 있었다.

코스닥에 상장하기 전에도 인터넷 공모를 통해서 수십억 원의 자금을 모은 벤처기업들도 생겨났다.

이 자금을 겨냥한 창투사와 사이버 증권사 등 금융기관이 대거 몰려들면서 테헤란로 일대는 여의도에 버금가는 금융 중심지로 바뀌고 있었다.

사람들은 테헤란로를 중심으로 한 테헤란밸리에 흠뻑 취하기 시작했다.

그 때문에 돈과 기회의 땅이 된 테헤란로 뒤편으로는 룸살롱과 단란 주점, 그리고 나이트클럽과 같은 고급 술집이 우후죽순처럼 생겨났다.

"하하하! 내가 된다고 했잖아!"

나눔기술의 재무기획이사인 박성호는 샴페인 잔에 가득 담긴 양주를 들면서 소리쳤다.

"축하드립니다, 박 이사님."

박성호의 옆에 있는 사내가 활짝 웃으며 양주잔을 들면서 말했다.

"어! 이 기자, 고마워. 이번에 정말 기사를 잘 뽑았더라고."

이성필 기자는 한일경제신문 기자로 기업 관련 기사를 주로 다루었다.

"하하하! 다 박 이사님이 도와주신 덕분이지요."

"아니야, 이번 기사로 1만 원은 더 붙은 것 같아. 오늘은 마시고 죽는 날이야. 다들 알았지?"

"물론입니다."

"오늘 집에 가지 않습니다."

나눔기술 임원들이 이용하는 다락이라는 룸살롱은 테헤란로에서도 최고급으로 손꼽히는 곳이었다.

박성호는 나눔기술에 도움을 주고 있는 기자와 금융 관계자들을 다락으로 불러냈다.

"좋아! 죽도록 달리는 거야! 아가씨들 들어오라고 해."

박성호의 말에 대기하고 있던 아가씨들이 룸 안으로 들어왔다.

물이 좋다고 소문이 난 다락이었기 때문에 들어온 아가씨들 모두 미모와 몸매가 뛰어났다.

"이 나라에서 제일 잘나가시는 분들이니까, 잘들 모셔!"

박성호는 룸에 들어온 아가씨들에게 소리쳤다.

"예! 최선을 다하겠습니다."

제일 앞에선 서주리라는 아가씨가 씩씩하게 대답했다.

"오! 너 마음에 든다. 이리 와!"

박성호는 지갑에서 10만 원짜리 수표 세 개를 꺼내서 서주리에게 건넸다.

"감사합니다."

이걸 본 다른 여자들이 재빨리 소파에 앉아 있는 남자들

품으로 달려가듯 안겨 들었다.

"다들 잘 놀고 있어. 잠깐 우리 회장님 좀 뵙고 올 테니까."

"예, 빨리 다녀오십시오."

"하하하! 늦게 오셔도 됩니다."

박성호의 말에 다들 즐거운 표정으로 대답했다.

박성호가 머물던 뒤편 방에는 이중호와 이번 나눔기술 작전을 진두지휘한 이동영이 있었다.

이동영은 지금 방 안에 있는 인물들과 접촉할 수는 없었다.

"다들 좋아해?"

"아주 생난리다."

이중호의 말에 박성호가 밝은 표정으로 말했다.

"하하하! 생각했던 것보다 그림이 잘 나왔으니까요. 자! 한잔 받으십시오."

박성호가 자리에 앉자 이동영이 양주잔에 최고급 코냑을 따라주었다.

"감사합니다. 이 이사님 덕분에 어깨 좀 펼 수 있게 되었습니다."

"하하! 아직 시작도 하지 않았는데요. 적어도 10만 원은 가야지요."

"하하하! 제가 고작 4만 원에 만족한 것입니까?"

이동영의 말에 박성호는 목젖이 보이도록 크게 웃으며 말했다.

나눔기술은 4만 원을 돌파하고서 금요일 장이 마감되었다.

나눔기술 관계자와 작전을 진두지휘하는 이동영의 예상보다도 더 빠르게 4만 원대를 돌파했다.

"이 이사님 말처럼 10만 원이 될 때 어깨를 펴."

"그럼, 계속 이렇게 어깨를 좁히고 다니라고."

이중호의 말에 박성호는 어깨를 움츠리는 동작을 보였다.

"하하하! 10만 원을 돌파한다면 그 정도는 해야 하지 않겠어. 안 그렇습니까?"

박성호의 행동에 이중호가 큰 소리로 웃으며 이동영을 쳐다보며 말했다.

"하하하! 10만 원을 돌파하면 앉은뱅이도 일어날 텐데요."

"오케이! 10만 원만 돌파하게 해. 내가 이러고 다닐 테니까."

"하하하! 됐어, 인마! 그러고 다니면 내가 봐줄 수가 없겠다."

"하하하! 20만 원을 넘으면 박 이사님이 아예 회사를 출근하기조차 힘들 것 같습니다."

"아! 이거, 제가 다 희생해야 합니까. 까짓것 하라는 것 다 할 테니까, 20만 원 가는 것입니다. 하하하!"

박성호는 잔에 담긴 코냑을 단숨에 마시며 말했다.

세 사람의 웃음소리는 더욱 커졌다.

몇 주 사이에 나눔기술이 4만 원대를 돌파하면서 세 사람은 각자 수십억 원을 손에 쥐었다.

나눔기술이 10만 원을 넘어 20만 원까지 돌파한다면 그 돈은 순식간에 수백억 원으로 늘어날 것이다.

더구나 나눔기술 대표인 이중호는 1천억 원대의 자산가가 될 수 있었다.

Chapter 16

일본 경제는 회복의 기미를 보이지 않고 있었다.

거품경제가 붕괴된 이후부터 지금까지 일곱 번에 거쳐 100조 엔에 달하는 대규모 자금을 투입하여 경제를 살리기 위해 노력했지만, 원하는 성과가 나오지 않았다.

일본 정부의 노력에도 성과를 낼 수 없었던 이유는 두 번에 거친 대규모 환투기 세력의 공격에 엔화가 무릎을 꿇었기 때문이다.

이와 함께 일본 기업과 금융기관들이 녹아웃 옵션과 주가지수 풋 옵션에 철저하게 농락당했다.

이러한 결과 일본의 불량 자산은 급격히 늘어나 50조 엔에 달했고, 해마다 평균 15,000개의 기업들이 파산하고 있었다.

이로 인해 발생한 자산 손실은 일본 시중 은행들에 큰 타격을 주었고, 자본금의 몇 배에 달하는 손실을 보면서 상당수의 은행과 증권사가 힘없이 무너졌다.

일본의 자산 손실 규모는 2차 세계대전에서 패망하면서 입었던 자산 손실과 맞먹는 수준에 이르렀다.

일본 기업들은 생존을 위해서 발 빠르게 해외로 공장을 이전했고, 이로 인해 산업 공동화가 발생했다.

1985년 일본 기업의 해외 생산 비중은 3%에 불과했지만, 1999년 현재 19%로 급등했다.

특히나 반도체 관련 업체들이 북한의 신의주특별행정구와 남한의 평택, 용인으로 대거 이전하고 있었다.

“도대체 어떻게 진행되고 있길래 아직 소식이 없는 거야?”

천지회를 이끄는 세지마 류조의 격앙된 목소리가 들려왔다.

한일 해저터널에 대한 한일 양국 간의 협상이 지지부진했기 때문이다.

적극적인 일본과 달리 한국 정부는 소극적으로 협상에 임했다.

"한국 측 협상 대표인 박지훈 차관이 예비 타당성 조사를 예산 확보가 어렵다는 이유를 들며 다음 연도로 넘기자는 말을 하고 있습니다."

국토교통성의 아오키 차관이 이마에서 흘러내리는 땀을 닦으며 말했다.

한국의 협상 대표인 박치훈 차관은 건설교통부 소속이다.

"돈이 없으면 우리가 다 한다고 그래."

"저희 쪽에서 진행할 수 있다고 전했지만, 국가 차원의 일이라서 그럴 수는 없다고 합니다. 일한 해저터널 구간은 사유지와 민감한 지역이 있어서 저희에게 맡길 수가……."

쾅!

세지마가 분을 참지 못하고 주먹으로 책상을 내려치는 소리에 놀란 아오키는 말을 잇지 못했다.

"일한 해저터널 공사가 내년에 시작하지 못하면 모든 계획이 틀어지는 거야. 지금까지 들어간 자금이 얼마나 되는지 알고서 그런 소리를 하는 거야?"

"2차 협상까지는 한국 정부도 상당히 협조적이었습니다. 그런데 3차 협상부터 난감해하면서 여러 가지 이유를 들며 협상이 이루어지지 않고 있습니다."

세지마의 질책에 아오키는 진땀을 흘리며 협상에 관해 설명했다.

“한국의 언론에서 일한 해저터널에 대한 부정적인 이야기가 흘러나오고 있습니다. 더구나 내년 4월이 한국의 총선이라서 관계자들이 몸을 사리는 것 같습니다.”

세지마를 보좌하는 마스다 노부유키가 조심스럽게 말했다.

“주선일보는 도대체 뭘 하는 거야?”

“주선일보는 나름대로 움직이고 있지만 다른 언론들이 따라주지 않고 있습니다. 특히나 SCS 방송에서 일한 해저터널에 대한 특집 방송을 내보낸 이후부터 한국 측 여론이 좋지 않은 쪽으로 흐르고 있습니다.”

“무슨 내용이길래 여론이 등을 돌린 거야?”

“일한 해저터널이 완공된 이후에 대한 경제적 이익에 대해 자세히 다루었습니다. 해저터널 공사가 진행되면서 발생하는 이익에 대해서도 특정 기업이 가져간다는 식으로 방송을 내보냈습니다. 문제는 SCS 방송을 신문사들이 인용해 보도하면서 여론의 방향이 바뀌게 되었습니다.”

세지마의 말에 마스다는 방송된 내용에 관해 이야기했다.

SCS 방송이 내보낸 한일 해저터널에 관한 방송은 해저터널이 발생시키는 경제적 효과와 환경에 관해서 1, 2부로 나누어서 방영했다.

각개의 전문가들을 동원하여 객관적인 자료와 함께 이미 개통된 영불 해저터널의 사례, 그리고 구체적인 경제적 수치들을 통해서 한일 해저터널이 한국보다 일본에 유리하다는 취지의 방송이었다.

주선일보가 보도했던 한일 해저터널이 발생시키는 고용과 경제적 효과가 상당수 부풀려졌다는 사실도 함께 전했다.

"SCS 방송을 누가 소유하고 있지?"

"작년에 닉스홀딩스가 인수했습니다."

"닉스홀딩스 놈들이 날 우롱했다는 건가?"

"일부러 방송을 제작한 것은 아닌 것 같습니다. 닉스미디어에 속해 있는 SCS 방송에 대해서는 그룹 차원에 영향력을 행사하지 못한다고 저희 쪽에 전해왔습니다. 그리고 해당 방송은 공정하지 못한 주선일보 보도에 대한 반박 차원의 방송이라고 했습니다."

"그게 말이 된다고 생각하나? 놈들이 왜 SCS 방송을 인수했는데?"

"주선일보와의 다툼 때문입니다. 주선일보 측에서 보도한 강태수 회장과 가족에 대한 기사가 공정하지 못했습니다. 그에 대응으로 SCS 방송과 미래경제신문을 인수했습니다. 한마디로 주선일보와의 일전을 벌이기 위해서입니다."

내각정보조사실을 맡고 있는 미타니 내각정보관의 말이

었다.

"흠, 맞아. 주선일보에서 그 때문에 자금 지원을 요청했었지. 주선일보 때문에 벌어진 일이다. 그런데 하필, 이런 타이밍에서 방송을 내보냈단 말이야. 우리에게서 원하는 것을 얻어간 놈들이 말이야."

"문제가 되는 것은 사실이지만 그걸 따질 수가 없는 것이 문제입니다. 언론을 통제할 수 없다는 원론적인 이야기를 하면 말입니다."

마스다의 말처럼 분명 SCS 방송은 닉스홀딩스의 영향력 아래에 있지만, 언론은 독립적인 영역이었다.

더구나 닉스홀딩스가 한일 해저터널에 관련된 방송 제작을 지시했다고 볼 수도 없었다.

현재 한일 해저터널은 한국에서 이슈로 떠올랐기 때문에 충분히 방송으로 제작할 수 있는 소재였다.

"한종태는 뭐 하고 있나?"

"일한 해저터널을 적극적으로 이야기하던 형태에서 한발 물러난 모습입니다. 아마도 내년이 총선이라 여론의 동향을 지켜보는 것 같습니다. 더구나 올 12월에 민한당의 총재 선출이 있습니다."

한종태의 동향을 감시하고 있는 내각정보조사실의 미타니의 말이었다.

민한당에 있어서 내년 총선은 중요한 선거였다.

총선에 승리해야 대선에서 정권을 되찾아올 수 있었다. 더구나 한종태는 민한당의 총재에 올라서야 대선 주자로서 한 층 더 다가설 수 있었다.

"결론은 SCS 방송 때문에 일한 해저터널에 대한 여론이 움직였다는 말이잖아."

"예, 호의적이었던 흐름이 미묘한 시점에서 바뀌게 되었습니다."

한국 내 여론의 동향을 면밀히 주시했던 마스다가 난감한 표정으로 말했다.

"이번 일이 강태수 회장과는 관련이 없는 건가?"

세지마가 미타니 내각정보관를 보면 물었다.

강태수 회장 또한 내각정보조사실의 감시 대상이었다.

"특별한 관계점을 찾지 못했습니다. 더구나 강태수는 해외 출장이 상당히 많아서 국내에 머무는 시간이 적었습니다. 일한 해저터널에 관한 방송을 직접 지시했다고 보기는 힘들 것 같습니다."

"닉스홀딩스도 일한 해저터널이 완공되면 더욱 이익이 날 수 있는 상황이라서 굳이 방해할 이유가 없을 것입니다."

미타니의 말을 받아 마스다가 말을 더했다.

닉스홀딩스 산하 닉스부란이 경의선을 통해서 일본에서 오는 제품들을 독점적으로 실어 날랐다.

한일 해저터널이 완공되면 그 물량은 더욱 늘어갈 것이기 때문이다.

"그럼, SCS 방송은 아무런 목적이 없이 일한 해저터널에 대해 방송했단 말이야?"

"목적이 있다면 저희에게서 지금보다 더 많은 것을 얻어내기 위해서 내보낸 것이 아닌가 생각됩니다."

"저도 닉스홀딩스보다는 한국 정부 쪽이 영향력을 행사했다고 판단됩니다."

마스다의 말에 미타니 내각정보관이 동조하듯 말했다.

"흠, 우린 아주 중요한 갈림길에 서 있는 형국이다. 새로운 도약을 만들어내지 못하면 대일본은 자칫 선진국 대열에서도 이탈할 수 있는 상황이란 것을 명심해야 해. 한종태와 주선일보에 연락해서 한국 정부와 언론을 어떻게든 움직이라고 전해. 그렇지 않으면 대산그룹과 주선일보에 들어간 자금을 모두 회수할 거라는 말도 함께 말이야. 우리에게는 지금 남은 시간이 없어!"

탁!

책상을 내려치며 말하는 세지마의 표정에는 절실함이 들어 있었다.

일본은 지금 서서히 침몰해 가는 낡은 전함과도 같은 상황이었다.

*　　　*　　　*

대산그룹에 비상이 걸렸다.

도쿄미쓰비시은행에서 대산그룹에 대출해 주겠다던 5천억 엔(약 5조 원)이 취소될 수도 있다고 통보했기 때문이다.

대산그룹은 5조 원의 자금을 바탕으로 다양한 사업을 진행하기로 계획을 잡아놓은 상황이라 발등에 불이 떨어졌다.

뚜렷한 이유를 밝히지 않은 채, 갑작스러운 도쿄미쓰비시은행의 통보에 이대수 회장은 당황스러울 수밖에 없었다.

더구나 한일 해저터널에 대비해 대산건설을 다시 인수한 상황이라 더욱 난감했다.

"이게 대체 무슨 소리야?"

정용수 비서실장에게서 보고를 받은 이대수 회장이 황당한 표정으로 말했다.

"확정된 것은 아니라고 했습니다만, 문제는 한일 해저터널이 늦어지는 것에 대해서 불만이 가득한 것 같습니다. 올해까지 한일 정부 간 합의에 도달하지 못하면 대출이 힘들 수도 있다고 통보해 왔습니다."

"한일 정부 간의 일을 우리보고 책임지라는 말이야 뭐야? 그게 가당한 말이야!"

정용수 비서실장의 말에 이대수 회장은 불같이 화를 냈다.

대산그룹은 그룹 차원에서 적극적으로 한일 해저터널에 로비를 정치권에 펼쳐왔다.

"양 정부 간 협상에서 견해차로 협상이 진전되지 않자 일본 쪽이 많이 초조한 것 같습니다."

"일본이 그렇게나 많이 양보하는데 왜 협상을 미루는 거야?"

"그게. 이번에 방영된 SCS 방송의 한일 해저터널에 관련된 방송 때문에 우호적이었던 여론의 분위기가 조금 바뀌었습니다."

"그 방송과 협상이 무슨 문제야?"

"방송에서 한일 해저터널이 완공되면 한국보다 일본이 큰 이득을 가져갈 수 있다는 식으로 방송을 내보냈습니다. 문제는 이 방송이 나간 후에 신문사와 방송사들이 방송 내용을 다시 보도하면서 국민들의 관심이 커졌습니다. 그러다 보니 협상팀에서 국민적 정서를 내세운 것 같습니다."

"나무만 보고 숲을 보지 못하는 것들이 그딴 소리를 해. 지금의 경제 위기를 단숨에 해결할 수 있는 것이 한일 해저터널이야.”

“정부에서는 연내에 협상 타결을 하지 않을 생각인 것 같습니다. 한일 해저터널 협상에서 예산 문제를 내세워 협상을 뒤로 미루려는 분위기였다고 합니다.”

자리에 함께한 대산건설의 김상현 대표의 말이었다.

대산건설 인수를 성공한 공로로 TF팀을 이끌던 김상현 전무가 대표로 올라섰다.

“후! 지금 도쿄미쓰비시은행에서 대출과 지급보증을 해주지 않으면 해저터널이고 나발이고 진행할 수가 없어. 이번 일이 무산되면 대산은 다시금 주저앉는 거야.”

이대수 회장은 상당히 격앙된 모습으로 말을 했다.

“일본 쪽에서 정치권에 힘을 써주길 바라는 것 같습니다.”

감상현 대표의 말이었다.

“정치권도 문제지만 여론을 돌리는 것이 문제입니다. 내년이 총선이라 여론의 동향에 정치권이 상당히 민감하게 움직이고 있습니다.”

“흠, 몸을 사린다는 말이 맞겠지. 한종태 의원에게 연락을 취해. 그리고 주선일보에게도 연락을 넣어. 이대로 있으면 죽도 밥도 안 돼.”

“예, 바로 연락을 하겠습니다.”

이대수 회장은 왠지 모를 위기감이 느껴졌다.

대산그룹의 모든 역량을 지금 한일 해저터널에 쏟고 있었기 때문이다.

한일 해저터널이 잘못되면 대산그룹 또한 크게 흔들릴 수 있었다.

『변혁 1998』 5권에 계속…